Loriano Macchiavelli
Tödliches Gedenken

SEITZ
D1996362

SERIE PIPER

Zu diesem Buch

Daß Bologna auch »La Rossa« genannt wird, ist nicht nur der Farbe der Dachziegel zu verdanken. Spielt doch die Politik in der norditalienischen Emilia-Romagna eine besondere Rolle. Daher liegt es nahe, hinter dem Anschlag auf ein Denkmal zu Ehren ermordeter Partisanen faschistische Motive zu vermuten. Die wahren Ausmaße des Verbrechens werden jedoch erst deutlich, als Kommissar Antonio Sarti in der Nähe des Tatorts die Leiche eines jungen Mannes findet. Mit gewohnt humorvoller Bissigkeit macht er sich auf die Suche nach dem Mörder und stößt auf ein besonders dunkles Kapitel in der italienischen Vergangenheit ... Ein höchst brisanter Fall für den eigenwilligen Kommissar Sarti – der den besten Espresso der Stadt braut und seine Dienstpistole in der Kommode unter den Socken verwahrt.

Loriano Macchiavelli, geboren 1934 in Bologna, war Schauspieler und Theaterautor, bevor er 1975 eine der populärsten Krimifiguren Italiens schuf: Kommissar Antonio Sarti. Macchiavelli lebt in Bologna und gilt als einer der Begründer des modernen italienischen Kriminalromans. Seine mehr als dreißig Bücher werden in seiner Heimat zur Zeit neu entdeckt und erstmals ins Deutsche übersetzt. Nach »Unter den Mauern von Bologna« ist »Tödliches Gedenken« der zweite Kommissar-Sarti-Krimi auf deutsch.
Weiteres zum Autor: www.loriano.it

Loriano Macchiavelli

Tödliches Gedenken

Kriminalroman

Aus dem Italienischen von
Sylvia Höfer

Piper München Zürich

Von Loriano Macchiavelli liegen bei Piper im Taschenbuch vor:
Unter den Mauern von Bologna
Tödliches Gedenken

FSC

Dieses Taschenbuch wurde auf FSC-zertifiziertem Papier gedruckt.
FSC (Forest Stewardship Council) ist eine nichtstaatliche, gemeinnützige Organisation, die sich für eine ökologische und sozialverantwortliche Nutzung der Wälder unserer Erde einsetzt (vgl. Logo auf der Umschlagrückseite).

Ungekürzte Taschenbuchausgabe
Juni 2007
© 2001 Giulio Einaudi editore s.p.a., Turin
Titel der italienischen Originalausgabe:
»Fiori alla memoria«
© der deutschsprachigen Ausgabe:
2005 Piper Verlag GmbH, München
Umschlag/Bildredaktion: Büro Hamburg
Heike Dehning, Charlotte Wippermann,
Alke Bücking, Daniel Barthmann
Umschlagabbildung: Duane Rieder/Getty Images
Autorenfoto: Enio D'Altri
Satz: Uhl + Massopust, Aalen
Papier: Munken Print von Arctic Paper Munkedals AB, Schweden
Druck und Bindung: Clausen & Bosse, Leck
Printed in Germany ISBN 978-3-492-24968-3

www.piper.de

Ein Unglück kommt selten allein …

Das größte Unglück war, dem Büro von Hauptkommissar Raimondi, Vorname Cesare, zugeteilt zu werden. Alles übrige kam danach: die Kolitis; die Appetitlosigkeit; das stets zu niedrige Gehalt; Wagen 28; Hilfskommissar Felice Cantoni; der Wunsch, sich im Zentrum von Bologna von einem der beiden Türme zu stürzen, statt den Dienst wieder anzutreten; die periodisch auftretenden sexuellen Krisen; der Wunsch, nicht zu heiraten; der Wunsch, doch zu heiraten; eine Pistole als Teil der Ausrüstung, verschlossen in einer Schublade, versteckt unter den Taschentüchern und den sauberen Socken; ein vor sich hin gammelndes Magazin …

Wenn ich die Zeitung aufschlage, erwarte ich jeden Morgen eine über vier Spalten gehende Überschrift: »Kommissar erwürgt Vorgesetzten, zerlegt seine Leiche, versteckt den Penis und verstreut die malträtierten Gliedmaßen in der Gegend.«

Eines schönen Tages kommt Kommissar Sarti aus dem Badezimmer, hält sich die Hände vor den Bauch, und sagt zu mir: »Ich gehe zu ›ihm‹ und bitte ›ihn‹ um Versetzung.« (Wenn Sarti wütend ist, sagt er einfach nur »er«.)

Ich antworte: »Gute Idee!«

Er massiert sich ein wenig und verzieht das Gesicht zu

einer Grimasse: »Wenn es nur die Kolitis wäre! Aber der da bringt mich noch um ... Und ich habe keine Lust, solange zu warten.«

Ich sehe ihm ins Gesicht, das gelblich verfärbt ist.

»Die Kolitis?«

»Was denn sonst?« Er denkt nach, massiert sich weiter und sagt: »Gestern abend hat ›er‹ mich an den Rand eines Nervenzusammenbruchs getrieben, und jetzt leide ich Höllenqualen. Ich habe wirklich die Schnauze voll!«

Deshalb bringe ich ihn im Fiat 850 bis zur Zentrale. Unterwegs kehrt etwas Farbe in Kommissar Sartis Gesicht zurück, weil durch das heruntergekurbelte Fenster frische Luft hereinweht.

Hauptkommissar Raimondi läßt ihm, sobald er vor ihm steht, nicht die Zeit, auch nur den Mund zu öffnen. Er feixt ihn an: »Ausgerechnet du, Sarti! Du kommst wirklich so gerufen, wie der Käse auf die Makkaroni fällt, gewissermaßen ...«

Sarti sieht ihn an, und es gelingt ihm, seinen Brechreiz zu bezwingen.

Der andere blättert vor seiner Nase in der druckfrischen Zeitung und deutet mit dem Finger auf einen bereits rot eingerahmten Artikel: »Hier, lies das mal! Ein Wahnsinnszeug!«

Kommissar Sarti liest: »Einschüchterungsversuch durch schwarze Terroristen am Gefallenendenkmal. Unbekannte, eindeutig politischer Provenienz, setzen die Baracke der vor Ort tätigen Arbeiter in Brand.«

Text: »Heute nacht ist in der Ortschaft Pieve del Pino, etwa fünfzig Kilometer von unserer Stadt entfernt, ein Feuer ausgebrochen. Es hatte die komplette Zerstörung der

Baracke zur Folge, in der Kleidung und Gerätschaften der Arbeiter untergebracht waren, welche mit der Errichtung des fast fertiggestellten Denkmals für die gefallenen Partisanen beauftragt sind. Der Anschlag – denn um einen solchen handelt es sich – ist die x-te Attacke auf die Erinnerung an diejenigen, die für die Freiheit unseres Landes gefallen sind, und beweist, daß die Polizeibehörden nicht gewillt sind, etwas zu unternehmen, um diese Kriminellen vor Gericht zu bringen. Im Protokoll des Polizeipräsidiums ist nämlich von einem Brand aus ungeklärter Ursache die Rede. Was will die Polizei eigentlich?

Will sie, daß die Übeltäter am Schauplatz ihrer Attentate ein Schuldbekenntnis zurücklassen?

Oder will sie, daß die aufrechten Demokraten Selbstjustiz üben?

Wir haben uns an den Tatort begeben und mehr als genug Beweise dafür gesammelt, daß es sich um einen feigen Sabotageakt gehandelt hat...«

Hauptkommissar Raimondi reißt Sarti das Blatt aus den Händen, noch bevor er zu Ende gelesen hat, und sagt: »Hast du das gesehen? Hast du gesehen, was für Zeug die zusammenschreiben? Wir sind... gewissermaßen... Versager, Stümper... Man müßte sie alle festnehmen!«

Kommissar Sarti fragt: »Wer hat das Protokoll abgefaßt?«

»Ich habe eine Patrouille über Notruf 113 geschickt! Was hätte ich denn sonst tun sollen? Etwa selbst hinfahren? Die Tatortbesichtigung ist, gewissermaßen, zusammen mit den Leuten von der Feuerwehr vorgenommen worden... Aber für die machen wir ja nie etwas Logisches, wir...«

Er wirft die Zeitung in den Papierkorb, fischt sie dann aber wieder heraus, streicht sie glatt, faltet sie viermal zusammen und steckt sie in die Tasche seiner Jacke, die hinter der Tür hängt.

Er setzt sich wieder an seinen Schreibtisch und brummelt wer weiß was vor sich hin. Sarti wartet, daß »er« den Blick von seinem Papierkram hebt, aber »er« denkt nicht daran. »Er« sagt, diesmal etwas lauter, damit es auch gehört wird: »Es wäre mir wirklich lieb, gewissermaßen …«

»Wie bitte?«

Jetzt richtet er seine wohlwollend blickenden Augen auf Kommissar Sarti: »Ich sage, es wäre mir wirklich lieb, wenn Sie dorthin fahren und da oben selbst mal nachsehen würden …«

Sarti hat noch nie den geringsten Wunsch verspürt, etwas zu tun, was »ihm« lieb wäre, sagt jedoch: »Selbstverständlich!«

Er wendet sich zum Gehen, dreht sich aber wieder um und sagt: »Was wird derjenige denken, der das erste Protokoll angefertigt hat?«

»Was geht denn den das an? Dem reicht es, wenn jeden Monat sein Gehalt eintrifft …«

»Die Selbstachtung der anderen trittst du mit Füßen, was?« Aber das sagt er nicht, das denkt er nur und geht hinaus.

Er steht bereits auf der Schwelle des Ausgangstors, als ein Polizist ihm aus einem Fenster, das auf den Hof geht, zuruft: »Sarti! Kommissar Sarti! Der Hauptkommissar will dich sprechen!«

Sarti steigt also die Treppen wieder hinauf, tritt durch die Tür, durch die er gerade hinausgegangen ist, blickt Hauptkommissar Raimondi erneut ins Gesicht, bezwingt erneut seinen Brechreiz und wartet erneut auf Befehle.

»Laß es bleiben. Ich schicke einen anderen!«

»Hervorragend!« Auch das sagt er nicht.

Raimondi dagegen fährt fort: »Der Präfekt hat mich angerufen: Er will, daß jede Nacht jemand beim Denkmal Wache hält. Er will nicht, daß es heißt, die Polizei würde die Hand über wer weiß wen halten ...«

Kommissar Sarti ist wirklich froh, aber der andere gönnt ihm die Freude nicht lange: »Also werden Sie dorthin fahren, gewissermaßen ... bis zur Enthüllung des Denkmals ...«

Ein echter Nackenschlag. »Mir geht es nicht besonders gut: die Kolitis ... Auch heute ... Ich bin eigentlich nur gekommen, um zu sagen ...«

»Natürlich können Sie sich tagsüber ausruhen ... Das erscheint mir logisch, gewissermaßen, angesichts der Tatsache, daß Sie ja nachts im Dienst sind.«

»Danke.«

Und diesmal geht er endgültig. Auch wenn der Staatspräsident ihn riefe, würde er nicht umkehren!

Der Staatspräsident ruft ihn nicht und auch nicht Hauptkommissar Raimondi. Sarti kann also getrost in die Bar gehen und einen Espresso trinken.

Er schluckt ihn hinunter, zahlt und sagt: »Widerlich!«

Bei der Rückkehr lenkt er den Ottoecinquanta und sagt kein Wort mehr.

Ich frage: »Geht es besser mit deiner Kolitis?«

Was er mir antwortet, verrate ich nicht, denn es betrifft meine Person und nicht die Geschichte, die hier erzählt wird. Ich rege mich nicht weiter auf und fahre fort: »Du hättest ihm etwas von einer Versetzung sagen können ...«

Ich habe wirklich Angst, daß das, was er mir diesmal

erwidert, auch die Geschichte betrifft, die hier erzählt wird, und auch künftige Geschichten.

Kommissar Sarti hört jedenfalls auf zu fluchen und sagt: »Wenn ›er‹ mit dir spricht und dich siezt, dann kannst du sicher sein, daß ›er‹ dich reinlegt. ›Er‹ legt dich rein, und du kannst gar nichts dagegen tun!«

Eine ziemlich kalte Nacht …

Die verkohlte Baracke diente zur Aufbewahrung der Gerätschaften und der Kleidung der Arbeiter, die mit dem Bau des Denkmals beauftragt waren. Aber seit sie Feuer gefangen hat (beziehungsweise seit man sie in Brand gesetzt hat), dient sie zu gar nichts mehr. Man sieht genau, wo das Feuer seinen Anfang genommen hat: Der Holzfußboden neben der Eingangstür ist praktisch verschwunden. Oder besser gesagt: An dieser Stelle findet sich nichts als Kohle und Asche.

Von dort hat sich das Feuer ausgebreitet, nach oben, hinauf zu den Kleiderhaken (auch sie sind verkohlt) und nach allen Seiten.

»Was ist hier gewesen?« Sarti zeigt auf den Brandherd.

»Da haben sie ihre guten Schuhe abgestellt, hier die Kleider hingelegt, das Geld, die Brillen, die Dokumente und all das übrige. Einer von uns hat dort sein Gebiß hingetan …«

»Sein was?«

»Sein Gebiß! Er setzt es sich nur ein, wenn er was ißt. Sonst läßt er es in seiner Tasche oder im Eßkorb, eingewickelt in ein Taschentuch. Ausgerechnet an dem Abend hatte er es in der Baracke vergessen, und deshalb ist es mit all dem anderen Zeug draufgegangen. Das sind mehr als vierzigtausend Lire …«

»War es ein Gebrauchtgebiß?«

Der Maurer versteht solche Feinheiten nicht. Tatsächlich wird Sartis Humor von vielen nicht verstanden. Das ist eine Tatsache, die ich schon mehrfach beobachtet habe.

»Raucht jemand von euch?«

»Wir rauchen alle!«

Es gibt keine Spur von zerbrochenen Flaschen, keine Spur von brandbeschleunigendem Material, man riecht kein Benzin … Nichts, gar nichts. Sarti sagt: »Meiner Meinung nach hat ein Paar Socken Feuer gefangen. Jemand hat eine Kippe weggeworfen, und die Socken haben angefangen zu brennen …«

Der Maurer sieht ihn schief an und geht. Er brummelt: »Genau! Die Socken. Die schwarzen Socken! Damit ist alles klar, oder? Und wir, wir haben uns nichts dabei gedacht.«

Sarti läßt sich nicht beirren: »Rauchen tut nicht gut. Vergeßt das nicht!«

In der Baracke kann man sich nicht mehr aufhalten es ist, als wäre man im Freien: Über diesen Bergkamm weht ein schneidender Wind, und deshalb setzt sich Sarti wieder ins Auto.

Der letzte, der fortgeht, ist der Maurer, der von den schwarzen Socken gesprochen hat. Wahrscheinlich der Polier: Er steigt auf sein Fahrrad, und als er an Wagen 28 vorbeikommt, singt er:

Se non ci conoscete
Guardateci dall'alto:
Noi siam le calze nere
Del battaglion d'assalto

Wenn ihr uns nicht kennt
Schaut uns von oben an:
Wir sind die schwarzen Strümpfe
Des Sturmbataillons

Sarti reißt der Geduldsfaden, weil er es nicht ausstehen kann, wenn man sich über ihn lustig macht.

Er ruft ihm zu: »He, du! Hör zu!«

Und »He, du!« macht kehrt und bleibt vor der Tür von Wagen 28 stehen. »Bitte sehr, Chef.«

»Wie heißt du?«

Daß dem Maurer schon die Lust aufs Singen vergangen ist, wird man gleich sehen. Er fragt: »Warum?«

»Weil ich gern wissen möchte, mit wem ich spreche ...«

»Golfarini.«

»Und weiter?«

»Golfarini Antilio.«

»Ein schöner Name! Hör zu, Antilio: Ich weiß nicht, ob die Socken, die in der Baracke Feuer gefangen haben, schwarz waren oder rot, aber ich versichere dir, daß ich das herausfinden werde. Und außerdem, mein lieber Antilio, kann es sein, daß ich dir ein Paar von diesen Socken reinwürgen lasse. Ciao. Mach's gut.«

Antilio geht, ohne zu singen.

Dafür singt jetzt Sarti:

Avanti popolo
Ci son dei fossi,
Calzini rossi, calzini rossi ...

Vorwärts, Leute
Hier gibt es Gräben
Rote Socken, rote Socken …

Hilfskommissar Felice Cantoni starrt Sarti mit offenem Mund an. Soweit er zurückdenken kann, hat der Kommissar noch nie gesungen.

»Schöne Stimme, Herr Kommissar!«

Dann kommt die Nacht, so widerlich kalt und so finster, daß man am liebsten einen endlosen Protestbrief an die Staatliche Elektrizitätsgesellschaft ENEL schicken möchte.

Hilfskommissar Cantoni stöhnt: »Jetzt täte eine Zigarette gut.« Er findet eine irgendwo in seinen Taschen und steckt sie sich in den Mund.

»Wenn du rauchen möchtest, steig aus!«

Cantoni streckt sich auf dem Sitz so lang aus, wie es möglich ist, und seufzt: »Dann rauche ich eben nicht! Diese hier ist für morgen früh. Keine Sorge, Herr Kommissar.«

Aber nach einer Weile stöhnt er wieder: »Jetzt wäre ein heißer Kaffee gut!«

Sarti greift mit einer Hand ins Handschuhfach und findet die Thermosflasche. Er schraubt den Deckel ab und nimmt einen kräftigen Schluck.

Felice sieht ihm zu: »Was ist das?«

»Was soll was sein?«

»Was ist das, was du da trinkst …?«

»Kaffee. Warum?«

»Aha!« Cantoni wartet, aber es geschieht nichts, jedenfalls nichts in der gewünschten Richtung … Deshalb rafft er sich auf und fragt: »Darf man auch einen Schluck haben?«

»Wovon?«

»Von dem Kaffee, verdammt noch mal!«

Sarti reicht ihm den Kaffee und steigt aus. »Ich vertrete mir mal die Beine. Du machst ein Nickerchen, und nachher löst du mich ab.« Er wendet sich zum Gehen.

Felice Cantoni nimmt einen Schluck von dem heißen, duftenden Kaffee und sagt: »Gut, Herr Kommissar, sehr gut!«

»Ich weiß. Mein Kaffee ist immer sehr gut.«

Und Sarti geht schnell, um warm zu werden. Er kann sich nicht erinnern, daß es jemals im April so kalt gewesen ist wie in dieser Nacht. Er zählt die Steinblöcke des Denkmals. Jeder steht für einen Gefallenen, und es sind dreiundfünfzig.

Er liest die Namen, alle.

Außerdem gibt es eine Tafel mit einem Text, in dem er sich verheddert...

Dann ist da noch eine dreißig Meter lange und drei Meter hohe Betonmauer, aus der die Maschinenpistolen herausragen. Deutsche Maschinenpistolen, die auf die Brust des Betrachters zielen. Und schließlich gibt es Hilfskommissar Felice Cantoni, der bereits eingeschlafen ist, und einen Wind, so eisig, daß einem die Haare zu Berge stehen.

Kommissar Sarti braucht nur ein bißchen zu frieren, und schon bricht seine Kolitis aus. Wie jetzt: Schmerzen, die ihn zum Schwitzen bringen.

Bevor er zum Auto zurückkehrt, blickt er auf die Uhr: zwei Uhr. Er entfernt sich etwas weiter und entdeckt ein wahrhaft stilles Plätzchen. Kunststück, wenn man sich in den Bergen befindet, zwischen den Bäumen und Büschen eines Waldes.

Danach fühlt er sich wohler und beschließt, Cantoni abzulösen. Er geht also zum Auto zurück, und genau in dem

Augenblick kommt ein Strahl des Mondlichts, der erste in dieser verfluchten Nacht, aus den Wolken hervor und scheint auf die krumme, beklemmende graue Mauer. Er beleuchtet auch eine schwarze Aufschrift am Sockel des Denkmals, die fünf Minuten zuvor noch nicht da war.

»Tod den Roten! Nein zum 25. April!«

Es sind schöne Buchstaben, zwanzig bis fünfundzwanzig Zentimeter hoch, so taufrisch gesprüht, daß die schwarzen Tropfen noch herunterrinnen, und sie ziehen sich an der Mauer entlang.

»Verdammt noch mal! Felice! Felice! Schalt die Scheinwerfer ein!«

Aber der andere schläft, und so stürzt sich Sarti auf ihn und rüttelt ihn wach. »Schalt die Scheinwerfer ein! Herrgott noch mal!«

Und als die Scheinwerfer auf die Mauer gerichtet sind, wirkt die Aufschrift noch klarer, noch schöner und noch glänzender, wie mit Tau überzogen.

Hilfskommissar Cantoni springt aus Wagen 28 und tritt an die Mauer heran: »Wer ist das gewesen?«

Sarti sucht die Taschenlampe und flucht, weil sie immer dort gelegen hat und er sie jetzt, als er sie braucht, nicht finden kann.

»Wer ist das gewesen, Herr Kommissar?«

»Ich bin es gewesen, verdammt noch mal!«

Hilfskommissar Cantoni reißt die Augen weit auf: »Nein! Aber ... aber warum denn?«

Ich habe schon gesagt, daß Kommissar Sartis Humor nicht von allen verstanden wird, und Felice Cantoni gehört zu denjenigen, die ihn nicht verstehen.

»Nimm deine Pistole und such nach ... Such diese Gegend hier ab, verdammt, statt die Zeit mit albernen Fragen zu verplempern! Er kann ja nicht weit sein, dieser Hurensohn!«

Sarti läuft mit der eingeschalteten Taschenlampe nach rechts und nach links, wie einer, der plötzlich durchgedreht ist.

Auch Hilfskommissar Cantoni macht sich zu schaffen und schreit herum. Jetzt hat er alles verstanden. »Her mit dir, du Verbrecher! Zeig dich, du Verbrecher!«

Sarti flucht, wie er nur im fernen Jahr 1948 geflucht hat: »Einmal drehst du dich zum Pinkeln um, und schon wischen die dir eins aus. Sie warten nur, bis du dich umdrehst, diese Hurensöhne! Herrgott noch mal, wenn ich einen von denen finde! Wenn ich einen finde …«

Einen findet er tatsächlich: ausgestreckt im Graben, bäuchlings daliegend …

Genau so, als wollte er sich verstecken.

Sein Schädel ist derart zermatscht, daß man nicht genau erkennt, wo vorne und wo hinten ist.

Sarti leuchtet mit der Taschenlampe auf seine Schuhe. Er ruft: »Felice! Felice!«

Aber aus seinem Mund kommt wohl nichts heraus, denn nicht einmal er selbst kann seine Stimme hören.

Er schließt die Augen, aber der zermalmte Schädel hat sich ihm bereits eingebrannt. Er schluckt ein paarmal, dreht sich um und brüllt so laut, wie sein Atem es zuläßt (bis zur Zentrale müßte man ihn jetzt hören): »Felice!«

Felice Cantoni kommt angerannt: »Was gibt's, Herr Kommissar?«

Sarti schaltet für ihn die Taschenlampe ein, schaut aber selbst nicht hin, versucht, nicht hinzuschauen.

Er hört Cantonis Stimme: »O mein Gott!«

Sarti übergibt ihm die Lampe und befiehlt: »Du bleibst hier!«

Er geht zum Wagen 28, der noch immer mit aufgeblendeten Scheinwerfern dasteht, etwa dreißig Meter von dem Graben mit der Leiche entfernt.

»Hier Wagen 28! Hier Wagen 28! Zentrale bitte! Kommissar Sarti hier ... Wir haben einen Toten gefunden ... Wir haben einen Toten gefunden ... Wir haben einen Toten gefunden ...«

Er kann nicht weiterreden. Dann gelingt es ihm gerade noch rechtzeitig, sich zur Seite zu drehen.

Giacinto Gessi, nichts als Haus, Hof und Kirche

Wenn ein Journalist eine Leiche entdeckt, irgendeine, versetzt ihn das in Hochstimmung. Jetzt hat der Tag noch nicht einmal begonnen (es ist sechs Uhr früh), eine Leiche liegt schon bereit, und die Journalisten sind vor Ort und schwirren herum.

Gianni Deoni, genannt »Glühwürmchen«, hüpft herum wie eine Gazelle, die dicken Gläser seiner Brille, die ein bißchen beschlagen sind vom Tau, tauchen irgendwo ab und anderswo wieder auf: im Gebüsch, im Blitzlichtgewitter der Fotografen, zwischen den Rädern der Polizeiautos... Und er redet und redet...

Er wendet sich an Sarti und raunt ihm zu: »Nachher erzählst du mir alles...«

Er verschwindet hinter einem der Kriminaltechniker und erscheint kurz darauf wieder hinter dem Kittel eines Sanitäters.

Wer dagegen gar nichts sagt, ist Hauptkommissar Raimondi. Er betrachtet die Schrift auf der Mauer. Dann macht »er« Sarti ein Zeichen, zieht sich ein wenig von dem Getümmel zurück – jedenfalls weit genug, um von den anderen nicht gehört zu werden – und startet leise, aber mit großer innerer Wut seinen Angriff. Mit zusammengebissenen Zähnen, wohlgemerkt: »Ich frage mich, wie die Parolen aufgesprüht werden konnten, ohne daß Sie es bemerkt haben… Ich frage mich, gewissermaßen, wie die diesen Unglücklichen massakrieren konnten, zwei Schritte von Ihnen entfernt, ohne daß Sie irgend etwas bemerkt haben. Ich frage mich, gewisser…«

Und der Ton seiner Stimme wird klarer und getragener: »Ich frage mich, gewissermaßen, wozu ich Sie überhaupt hierhergeschickt habe!«

Kommissar Sarti glaubt, daß es jetzt keinen Sinn hat, ihm zu erklären, wie sich die Dinge abgespielt haben… (Ich bin seiner Meinung.) Deshalb dreht er sich, ohne den Mund aufzumachen, zur Mauer.

»Wohin gehen Sie?«

»Etwas suchen…«

»Was wollen Sie denn jetzt suchen? Sie hätten früher Ihre Augen offenhalten sollen! Sie hätten früher Ihre Augen offenhalten sollen! Was wollen Sie denn jetzt suchen? Daß ich nicht lache! Wissen Sie, was ich Ihnen sage? Die Journalisten, die schicke ich zu Ihnen: Erklären *Sie* ihnen, wie es passiert ist und warum! Sagen *Sie* denen, daß Sie hierhergekommen sind, um sich auszuschlafen, weil es unten, in der Stadt, zu heiß war! Habe ich recht?«

»Schicken Sie sie ruhig zu mir!«

Aber Sarti glaubt ihm nicht: Raimondi Cesare kann aufs Essen und auf die Liebe verzichten, aber niemals wird er darauf verzichten, mit den Journalisten zu reden!

Der andere trottet hinter ihm her und wettert weiter: »Wissen Sie, Herr Kommissar, was morgen in den Zeitungen stehen wird? ›Ein Attentat und ein Mord vor den Augen der Polizei, die zuschaut und nichts tut. Die Polizei und die schwarzen Seilschaften stecken unter einer Decke.‹«

Er redet noch eine Zeitlang so weiter. Aber Sarti steht vor der Mauer und betrachtet sie: diese verdammte graue, krumme, beklemmende Mauer mit den Maschinenpistolen auf der Höhe seiner Brust. Er kann sich beim besten Willen nicht erinnern, ob diese Holzbretter, die jetzt auf der aufgelockerten Erde liegen und von der Straße bis zur Mauer reichen, am Vorabend schon da waren. Oder sind sie vielleicht in der letzten Nacht von dem Sprayer hingelegt worden, damit er auf der frischen Erde keine Spuren hinterläßt?

Er schafft es beim besten Willen nicht, die Sache von allen Seiten zu beleuchten, aber er kann ja Antilio Golfarini fragen, sobald der auf der Baustelle erscheint.

Als Sarti ihn auf seinem bekannten Fahrrad daherkommen sieht, stürzt er sich auf ihn und zieht ihn zur Mauer: »Hör zu: Diese Bretter, waren die gestern abend schon da?«

»Nein. Wir lassen nie Sachen herumliegen, wenn wir Feierabend machen.«

Der Mann schaut sich um, ziemlich verwundert darüber, daß sich wegen einer Aufschrift auf der Mauer so viele Leute versammelt haben. Er sagt: »Diese Aufschrift muß sich heute nacht von selbst geschrieben haben, was, Herr Kommissar?«

Irgendwelche Hände führen ihn weg und begleiten ihn zu der Leiche, damit er sie sich ansieht. Rundum herrscht ein solches Chaos, daß man den Verstand verlieren könnte. Ich habe ihn bereits verloren und Sarti den seinen auch. Man braucht sich nicht zu wundern: nach einer ganzen Nacht, die er hier verbracht hat, ohne ein Auge zuzutun.

Aber es gelingt ihm doch noch, einmal kurz nachzurechnen. Wenn sie hier acht Bretter, je vier Meter lang, hinlegen und die Parolen schreiben mußten, dann werden sie – Herrgott noch mal! – schon drei Minuten gebraucht haben! Eine Minute, um sich zu nähern, ohne Lärm zu machen, und eine weitere, um sich davonzustehlen: Und ich bin nicht länger als drei Minuten weggewesen!

Dann möchte ich, daß Sarti mir erklärt, wie man vier Meter lange Bretter herumträgt, ohne Lärm zu machen...

Er versucht es ohne Bretter, und ich stoppe die Zeit: im Laufschritt zum Bretterhaufen (der obendrein ein bißchen entfernt ist) und im Laufschritt zurück, um sie dort auf den Boden zu werfen. Dann wieder zum Haufen und zurück und so weiter, insgesamt achtmal. Immer noch im Laufschritt, tut der Kommissar so, als würde er mit einer Spraydose schreiben: »Tod den Roten! Nein zum 25. April!«

Alles in allem: vier Minuten und zwanzig Sekunden, und das ohne die Angst, Lärm zu machen.

Sarti wendet sich wieder an Golfarini: »Bist du dir wirklich sicher...?«

Der andere ist sich sicher. Das heißt, daß es mehr als einer gewesen sein muß. Es wird Fingerabdrücke auf den Brettern geben, und die Kriminaltechniker werden sie finden.

Schließlich – die Sonne steht schon hoch – kommt der Pfarrer von Pieve del Pino (ein Mordskerl von mindestens einem Meter achtzig, etwa fünfzig Jahre alt). Er betrachtet die Leiche mit einer angeekelten Grimasse (und ich verstehe ihn gut). Er sagt: »Aufgrund der Kleider würde ich sagen: Giacinto Gessi. Der Ärmste – ein wirklich braver junger Mann! Nichts als Haus, Hof und Kirche. Der Ärmste! Was für ein schreckliches Ende. Der Hof seines Vaters gehört als Benefiz zu meiner Pfarrstelle. Der Ärmste! Was für ein schreckliches Ende.«

Ich würde sagen, er bricht gleich in Tränen aus, aber stattdessen kniet er nieder und beginnt, seine Litaneien aufzusagen. Alle bleiben stehen und erweisen sich als sehr fromm.

Sie bekreuzigen sich sogar.

Dann, als der Pfarrer sich erhebt, geht jeder wieder an die Arbeit zurück, die er unterbrochen hatte.

Gegen Abend haben Sarti und alle anderen, die sich um die Ermittlungen kümmern, sämtliche Fakten in der Hand, die fehlten und die nichts an der Lage ändern.

Erstens: Die Leiche ist die von Giacinto Gessi, »nichts als Haus, Hof und Kirche«. Sechsundzwanzig Jahre alt, Bauer, bei allen Dorfbewohnern wohlgelitten, wohnhaft in dem Anwesen, das an die Kirche von Pieve del Pino grenzt. Jeden Sonntag Kommunion und nichts, aber rein gar nichts, über ihn zu sagen. Soweit der Dorfpfarrer.

Zweitens: Er ist infolge der Zertrümmerung seines Schädels gestorben, und zwar gegen zwei Uhr in der Nacht. Die Schädelzertrümmerung wurde herbeigeführt durch den gezielten Wurf eines großen Steins aus nächster Nähe.

Drittens: Keine Fingerabdrücke auf dem oben erwähnten Stein.

Viertens: Viele Abdrücke dagegen auf den Brettern rund um die krumme, beklemmende graue Mauer. Die Abdrücke stammen von sämtlichen Maurern, Handwerkern erster und zweiter Kategorie, die sie seit Monaten, während des Baus des Denkmals, bald dahin, bald dorthin getragen haben.

Fünftens: Wahrscheinliches Motiv der Bluttat: »Der Sprayer« oder »die Sprayer« ist (beziehungsweise: sind) auf der Flucht Giacinto Gessi, »Haus, Hof und Kirche«, in die Arme gelaufen, und er hat (beziehungsweise: sie haben) ihn als Augenzeugen aus dem Weg geräumt.

Sechstens: Es bleibt nur noch, »den Sprayer« (oder: »die Sprayer«) zu identifizieren, und dann hat man den (beziehungsweise: die) Mörder.

Das ist alles! Als Hauptkommissar Raimondi vor versammelter Mannschaft mit seinem Bericht fertig ist, fragt er, ob einer von ihnen zufällig eine Idee hätte.

Wirklich sehenswert, wie alle plötzlich mit tausenderlei Dingen beschäftigt sind: Ein paar betrachten ihre Schuhe, als hätten sie seit Jahren nicht mehr das Vergnügen gehabt, ihnen zu begegnen. Weitere drei reiben sich die Hände. Einer hat den Kugelschreiber auseinandergenommen und flucht, weil er, der Kugelschreiber, nicht bereit ist, sich wieder zusammensetzen zu lassen.

Sarti hat Kopfschmerzen und einen Kolitisschub und tut deshalb nichts anderes, als beide Hände gegen den Bauch zu pressen.

Das Finale und die Zusammenfassung hören sich so an: »Also, wir hoffen, gewissermaßen, daß die Ideen im Schlaf kommen. Sarti, heute nacht wird natürlich ein anderer dort Wache halten. In der Hoffnung, daß es ihm gelingt, wachzubleiben.«

Es ist, als wäre Sarti von einer Ratte gebissen worden. Er schüttelt den Kopf, blickt Raimondi Cesare direkt in die Augen und sagt: »Das kommt überhaupt nicht in Frage! Ich gehe! Ich habe eine offene Rechnung da oben. Die möchte ich so schnell wie möglich begleichen!«

Er wendet den Umstehenden den Rücken zu und verschwindet. Raimondi bleibt keine Zeit für eine Erwiderung, denn Sarti ist schon im Hof.

»Das mag ja ein Scheißjob sein, und ich bekomme einen Hungerlohn, aber daß ich schon vertrottelt bin, das glaube ich einfach nicht! Und an Gespenster glaube ich auch nicht!«

Hilfskommissar Cantoni hört ihm zu, ohne etwas zu sagen. Zumindest eine Zeitlang. Bevor er ihn vor der Haustür absetzt, sagt er: »Es ist wirklich ein Scheißjob! Man bekommt nur Tritte direkt ins Gesicht... Für das, was sie uns geben... Das ist ja nicht mal ein Lohn! Ich weiß nicht, warum wir nicht alles hinschmeißen!«

»Ich weiß es: Wir verstehen uns auf nichts anderes als auf diesen ekelhaften Job.« Sarti steigt aus.

Felice versetzt ihm den Gnadenstoß: »Warum? Verstehen wir uns wirklich auf diesen ekelhaften Job?«

Der Kommissar knallt die Wagentür zu: Er weiß, daß das Hilfskommissar Cantoni sehr weh tut. Und er knurrt: »Hol mich um acht ab!«

»Was?«

»Du hast richtig gehört. Sagen wir um neun. Heute nacht fahren du und ich wieder dort hinauf!«

»Aber es ist doch schon fünf Uhr! Nicht einmal vier Stunden Schlaf... Wir haben seit achtundvierzig Stunden nicht geschlafen...«

»Für die Überstunden wirst du bezahlt.«

Als Hilfskommissar Cantoni sich ein bißchen erholt hat und Wagen 28 wieder startet, liegt Sarti schon auf dem Bett, angekleidet, und massiert sich die Schläfen.

Hilfskommissar Cantoni fährt unterdessen mit seiner

Leier fort: »Superbezahlung! Fünfhundert Lire für die Überstunde! Superbezahlung!«

Und er rast nach Hause, mit Sirenengeheul, um so ein paar zusätzliche Minuten für seinen Schlaf herauszuschinden.

Revolutionäre Wache

Wagen 28 trifft gegen zehn Uhr abends beim Denkmal ein. Weil überall Leute herumschwirren, steigt Sarti aus, läßt Felice Cantoni in einiger Entfernung zurück und geht zu Fuß weiter. Die Eindringlinge sind vielleicht zu sechst, und einer davon ist Rosas.

Von Rosas habe ich euch schon erzählt, und ich will hier nicht wiederholen, wer er ist oder wie er ist.

Sarti zieht es vor, sich von der Gruppe fernzuhalten und ins Tal hinunterzublicken. Von hier aus kann man den Fluß Reno sehr gut sehen, eine feuchte, silberglänzende Schleimspur, die eine Schnecke auf ihrer Wanderung über die Steine hinterlassen hat.

Es ist windstill, und der Mond scheint. Die Autostrada, ebenfalls da unten, die sich am Flußufer entlangzieht, ist eine graue Schnur, mehrfach zerrissen von Autos mit eingeschalteten Scheinwerfern. Sie verliert sich bergaufwärts, wie sich auch der Fluß zwischen den runden Kuppen der Hügel, die zur Toskana hin immer höher werden, verliert.

Das Grüppchen hat aufgehört zu schwatzen, und jetzt kann man, gedämpft, den Lärm der Autos hören. Dann beginnt Rosas zu pfeifen, ebenfalls gedämpft, fast verstohlen. Immer die gleiche monotone Melodie …

Sarti hat sich am Tal sattgesehen und rafft sich auf: Im

Gehen sieht er sie hier und da, in Decken gewickelt, im Gras sitzen oder liegen.

Er wendet sich an den, der leise vor sich hin pfeift: »Was machst du hier?«

Rosas dreht sich um und sagt: »Das, was du gestern nacht hättest machen sollen, Kommissar.«

»Und das wäre?«

»Wache halten. Revolutionäre Wache!« Und er fängt wieder an zu pfeifen.

»Die anderen da auch?«

Rosas nickt. Sarti macht Felice ein Zeichen, mit Wagen 28 näher heranzufahren.

»Das ist ja großartig! Heute nacht leistet uns also der Kindergarten Gesellschaft ...«

»Besser der Kindergarten als ein schlafendes Polizistenpaar!«

Das hat nicht Rosas gesagt, sondern ein anderer. Einer von denen, die sich hier, über das Areal verstreut, aufhalten. Aber Kommissar Sarti könnte nicht sagen, wer genau es war. Er wendet sich in die Richtung, aus der die Stimme gekommen ist, und sucht.

Unterdessen ist auch Hilfskommissar Cantoni eingetroffen, der ihn fragt: »Alles in Ordnung, Herr Kommissar?«

Sarti gelingt es nicht, ihm rechtzeitig zu antworten, weil ihm der nämliche Typ, der sich irgendwo im Dunkeln versteckt hält, zuvorkommt: »Alles in Ordnung, Hilfskommissar! Kannst ruhig schlafen!«

Sarti geht auf den erstbesten zu und schaut ihm geradewegs ins Gesicht. Dann geht er an den anderen vorbei. Es sind zwei, ein Junge und ein Mädchen, die zusammen in eine Decke gehüllt sind. Dieser junge Mann muß es gewesen sein, und Sarti könnte schwören, daß das Mädchen unter der Decke keinen Schlüpfer trägt und daß der Junge sein Dings herausgeholt hat. Sarti hebt einen Zipfel der Decke hoch und zieht daran: Sie rollen davon wie zwei Murmeln. Aber sie sind hellwach, die beiden.

Kommissar Sarti fragt die Gestalt, die ihm der männliche Part zu sein scheint: »Warum sagst du das, was du zu sagen hast, nicht dem Betreffenden direkt ins Gesicht?«

Aber der andere überhört das schlichtweg: Er rafft die Decke zusammen, breitet sie erneut aus und legt sich wieder darauf. Er macht dem Mädchen Platz, und sie wickeln sich beide wieder ein, so fest aneinandergeschmiegt, daß sie wie ein einziger Körper aussehen.

Sarti wendet sich wieder an Rosas, sagt aber zuvor noch: »Scheißkerl!« Und zu Rosas: »Möchtest du mir das vielleicht erklären?«

»Bist du gestern nacht hier gewesen, Kommissar?« Sarti nickt. »Ich hätte eins meiner Examina darauf gewettet! Und hast du geschlafen, Kommissar?«

»Der Teufel soll dich holen! Dich und die anderen! Jetzt geht ihr alle in die Heia und laßt uns in Frieden. Verstanden?«

Rosas ist nicht seiner Ansicht: »Ganz und gar nicht! Wetten wir, daß es uns gelingen wird, wenigstens den Sockel dieses Denkmals für die Gefallenen zu retten?«

Kommissar Sarti weiß, daß er da nichts ausrichten kann, und es mißfällt ihm ja gar nicht, daß er auf Rosas gestoßen ist. Bis morgen früh kann er nun auch ein bißchen plaudern über das, was passiert ist, und hören, was er dazu meint. Was Rosas dazu meint, will ich sagen. Deshalb geht er zum Auto und schenkt sich etwas Kaffee ein.

Hilfskommissar Cantoni fragt: »Soll ich in der Zentrale anrufen?«

»Wozu?«

»Damit man sie wegbringt ...«

»Warum? Stören sie dich?«

»Mich stören sie nicht! Sie stören überhaupt nicht.«

Er denkt ein wenig nach und meint dann: »Ob sie vielleicht Hauptkommissar Raimondi stören?«

»Trink und schlaf!« Sarti gibt ihm den Schraubdeckelbecher und wendet sich wieder an Rosas: »Hast du das mit dem Toten gelesen?« Rosas nickt. »Macht es dir etwas aus, darüber zu reden?« Rosas nickt wieder.

Ein Typ von denen, die sich hier ringsum niedergelassen haben, kommt näher und fragt: »Verkaufen Sie mir eine Zigarette, Herr Kommissar?«

Sarti beschränkt sich darauf, ihm ins Gesicht zu schauen: Alle Welt weiß, daß Kommissar Sarti nicht raucht. Er hat nie geraucht. Und er wird nie rauchen!

Wo kommt er her, dieser Kerl da?

Der andere muß ihn verstanden haben, denn er sagt: »In Ordnung.« Und er zieht sich dorthin zurück, von wo er gekommen ist.

Sarti setzt sich neben Rosas und beschränkt sich darauf, wie Rosas in das Tal hinunterzuschauen. Dann, wer weiß nach wie langer Zeit, ergreift Rosas als erster das Wort: »Wenn wir ehrlich sein wollen, geht es nicht darum, daß ihr Opfer wirklich sinnvoll war: Heute sehen wir das ganz klar. Aber sie, die Ärmsten, haben sich nicht vorstellen können, daß die Sache so ausgeht.«

Sarti hat begriffen, von wem Rosas spricht, und er läßt ihn weiterreden.

»Ein Denkmal zu ihrem Gedenken zu errichten, heute, ergibt wirklich keinen Sinn: Wir haben ja sogar schon vergessen, warum sie überhaupt gestorben sind! Es kann nur eine Herausforderung für jene Leute sein, die wollen, daß wir auch ihren Tod vergessen. Eine Herausforderung, die ihrerseits sinnlos ist, weil wir doch nicht jede Nacht herkommen können; früher oder später werden sie mit ein bißchen Dynamit…«

Irgendwo in der Nähe muß ein Junge ein Feuer gemacht haben, denn Sarti sieht den Widerschein ringsum flackern, und auch Rosas' Gesicht färbt sich flammendrot.

Rosas setzt seine Brille ab, schließt die Augen und streckt sich aus. Er sagt: »Es waren dreiundfünfzig, und sie haben sie alle umgebracht. Niedergemetzelt, ohne daß sie sich auch nur hätten wehren können.«

Er zeigt mit dem ausgestreckten Arm auf den kleinen Hügel über ihren Köpfen, der das Denkmal überragt: »Von dort haben sie heruntergeschossen, geschossen und nochmals geschossen. Bis sie sahen, daß keiner mehr mit einem Finger zuckte. Eine aufwendige Arbeit, wenn man bedenkt, wie lange es dauert, bis man alles in Stellung gebracht hat, die Maschinengewehre und alles andere…«

Weder ich noch Sarti, glaube ich jedenfalls, wußten, wie sich die Dinge abgespielt haben: Wir sind große Nichtwisser. Aber ist das nur unsere Schuld?

Jedenfalls setzt Rosas seine Brille wieder auf, erhebt sich, läßt den Blick über die Gegend schweifen und sagt dann: »Siehst du den da? Der ist drei Monate nach dem Ereignis geboren. Und sein Vater war einer der dreiundfünfzig, die dabei draufgegangen sind… Sein Vater ist hier gestorben, damit sein Sohn, dieser da, in einer demokratischen Republik leben kann, die auf der Arbeit gegründet worden ist und in der die Souveränität dem Volk gehört ... Er arbeitet tatsächlich! Genau wie es in der Verfassung steht. Und kaum wagt man, seine Souveränität auch zu praktizieren, dann kommt ihr daher und schickt ihn in den Knast. Andererseits tut ihr, du und deinesgleichen, eure Pflicht, denn es heißt in Artikel 52: ›Die Verteidigung des Vaterlandes ist die heilige Pflicht des Bürgers.‹ Klar, wenn ihr den da gewähren laßt, wer weiß, wohin er dieses unser demokratisches und republikanisches Vaterland führen wird ... «

Dann hört Rosas zu reden auf und fängt wieder zu pfeifen an, immer noch leise, um die anderen nicht zu stören, die sich rund um das Feuer niedergelassen haben. Bis auf die beiden mit der Decke: Die frieren nicht, und Sarti weiß, daß sie gerade jetzt Liebe machen. Aber er steht nicht auf und geht nicht hin, um sie aufzudecken. Als ihm ein Windhauch ans Ohr weht, hört er den Atem des Mädchens, unregelmäßig, heiß und erstickt. Oder vielleicht kommt es ihm nur so vor. Doch er dreht sich nicht um und sieht nicht nach.

Schwarze Socken, rote Socken

Während Kommissar Sarti ihm von den Ereignissen berichtet, hört Rosas keine Sekunde mit dem Pfeifen auf. Er ärgert ihn, er nervt ihn, und Sarti hätte nicht übel Lust, ihm den Mund zuzuhalten, aber er kann nichts machen. Rosas liegt da, die Augen geschlossen, mit dem Gesicht eines kurzsichtigen Marders (so, ohne Brille, deren Bügel er im Mund hält) und pfeift durch die Zähne ... Was wohl? Er wird es nie herausfinden.

Das Feuer ist erloschen, und die anderen, auch Hilfskommissar Cantoni, schlafen. Schließlich, als Sarti nichts mehr zu sagen hat über die Dinge, die vorgefallen sind, steht Rosas auf und fragt: »Probieren wir's mal?«

»Ja.«

»Schauen wir, wie lange man zu zweit braucht. Ich glaube nicht, daß es mehr als zwei waren! Das hättest du gemerkt! Du, Kommissar, stellst dich da hin, wo du gestern nacht warst, machst das, was du machen mußtest, und kehrst zurück. Felice Cantoni, dein Assistent ... «

»Er ist nicht *mein* Assistent!«

»Felice Cantoni stoppt die Zeit.«

Und sie gehen los: Es ist eine Wonne, ihnen bei der Arbeit zuzusehen! Es scheint fast so, als wären sie es gewesen, wegen der Präzision der Bewegungen, wegen der

Schnelligkeit der Ausführung und überhaupt in jeder Hinsicht.

Aber sie brauchen zu lange, und als Sarti zurückkommt, nachdem er das gemacht hat, was er in der Nacht zuvor machen mußte, ist die Aufschrift erst zur Hälfte fertig.

Sarti schüttelt den Kopf: »Ihr habt einen Krach gemacht, daß ein Toter aufgewacht wäre!«

»Glaubst du wirklich, daß sie weniger Lärm gemacht haben? Versuch mal, im Laufschritt solche Bretter zu tragen, und du wirst es selber merken. Wer dir erzählt hat, daß die Bretter nicht schon dort waren, hat dir ein Märchen aufgetischt! Versuchen wir's mal mit der Sprühschrift allein.«

Kommissar Sarti geht wieder ins Gebüsch, aber an diesem Abend tritt die Kolitis nicht in Erscheinung. Das ist schade, weil er davon hätte profitieren können.

Als er zurückkehrt, sitzen alle da, als wäre nichts passiert. Nur Rosas fehlt. Sarti blickt sich um.

Cantoni sagt zu ihm: »Er hat geschrieben und ist dann verschwunden. Es wäre durchaus möglich, daß du gar nichts bemerkt hast.«

»Und du auch nicht!«

Rosas ruft ihn, und als Sarti bei ihm ankommt, steht er genau neben dem Graben mit der Leiche.

Sarti sagt: »So muß es gewesen sein.«

Und Rosas: »Einer hätte auch genügt. Die Bretter waren schon ausgelegt.«

Sarti geht zurück zu Wagen 28. »›Rote Socken‹! Er hat mir eine Lügengeschichte erzählt! Warum?«

»Frag ihn doch selber.«

Das macht er. Golfarini Antilio, »Rote Socken«, taucht kurz vor halb acht auf der Baustelle auf, wo Sarti ihn schon erwartet. Alle anderen (die von der »revolutionären Wache«) sind bereits vor einiger Zeit gegangen: Der Bus fährt gegen sieben in die Stadt zurück, und im Augenblick sind sie noch unterwegs.

Sarti nimmt Golfarini zur Seite und sagt: »Hör mal zu, ›Rote Socken‹: Im Zusammenhang mit diesen Brettern hast du mir Unsinn erzählt.«

»Entschuldigen Sie bitte, aber inwiefern?«

»Insofern als die Bretter schon bis zur Mauer auf dem Boden lagen und nur auf den Sprayer gewartet haben. Sie waren da, bevor ich hergekommen bin …«

»Das stimmt nicht! Da können Sie die anderen fragen, Herr Kommissar!«

»Genau das werde ich tun!«

Sarti geht zur Baracke. Die Arbeiter ziehen sich gerade um: Einige stehen in der Unterhose da, andere nackt.

Er sagt: »Erinnert sich einer von euch, ob die Bretter vorgestern abend so dalagen, wie sie jetzt daliegen, bei der Mauer?« Alle gehen hinaus, um auf die Mauer zu schauen, auch die Nackten. Aber keiner antwortet. Sie kehren in die Baracke zurück, einfach so, und ziehen sich weiter um.

»Na?«

Noch immer nichts. Sarti wird wütend. Ich, der ich ruhiger bin als er, wäre auch wütend geworden. Und ihr auch, darauf wette ich!

Diesen Typen zuzusehen, wie sie sich vor euch die Hose anziehen, als wären sie allein, während ihr wartet, und die lassen sich Zeit … Da kann man schon echt wütend werden!

Wie Kommissar Sarti, der brüllt: »Wird's bald? Ich habe euch was gefragt!«

Derjenige, der beschließt, den Mund aufzumachen, hält noch ein Paar mit Zement und Sand verschmierte Socken in der Hand. In der anderen hat er ein Stück Wurst. Er sagt: »Bevor wir weggehen, bringen wir immer alles in Ordnung. Man läßt eine Baustelle nicht so zurück...« Und er deutet mit einer Kopfbewegung auf die Bretter, die bei der Mauer auf der Erde liegen. Er zieht sich die Socken an.

Golfarini Antilio strahlt und sagt: »Sehen Sie?«

»Gehen wir zu dir nach Hause!«

»Aber warum denn?«

»Das erkläre ich dir unterwegs...«

»Ich muß arbeiten. Ich kann die Arbeiter nicht allein lassen! Ich bin der Baustellenleiter: Ich muß sie organisieren...«

»Dann werden sie sich eben mal allein organisieren! Sie sind doch schon groß. Und außerdem ist jetzt die Zeit gekommen, mit den Chefs Schluß zu machen. Dies hier ist eine demokratische Republik. Gehen wir! Los, ›Rote Socken‹!«

Er zieht ihn bis zum Wagen 28 hinter sich her und schubst ihn dann hinein.

»Rote Socken« gibt nicht auf: »Ich möchte wissen, warum! Ich möchte wirklich wissen, warum!«

»In welche Richtung?«

»Dorthin! Ich möchte wissen, warum! Ich möchte wirklich wissen, warum!«

Kommissar Sarti blickt ihm ins Gesicht: »Als ich hierhergekommen bin, vorgestern abend, waren alle Arbeiter, alle die, mit denen wir gerade gesprochen haben, schon gegangen! Erinnerst du dich? Du hättest sehr gut die Bretter hinlegen können, nachdem sie weg waren, aber noch bevor ich gekommen bin, und niemand hätte es gemerkt. Weder sie, die schon weg waren, noch ich, der ich erst noch kommen mußte. Klar? Und außerdem, was hast du um diese Zeit noch auf der Baustelle gemacht? Du allein?«

»Rote Socken« bleibt stur. Er schüttelt den Kopf: »Ich gehe immer als letzter... Ihr könnt nachfragen... Ich bin der letzte, weil ich einen Haufen Sachen kontrollieren muß, bevor ich nach Hause gehe...«

»Und du mußt auch die Bretter auslegen. In welcher Partei bist du?«

Jetzt antwortet Golfarini nicht mehr, aber ich glaube wirklich, daß eine Antwort auch nicht sachdienlich gewesen wäre.

Als sie vor dem Haus von Golfarini Antilio, »Rote Socken«, eintreffen, besprüht – genau in diesem Augenblick – ein Kind von sechs, sieben Jahren ein kleines Tretauto mit Lackfarbe.

Kommissar Sarti steigt aus dem Wagen 28, geht auf den Jungen zu und sagt: »Ciao.«

Der sieht ihn an, antwortet aber nicht: Er ist beschäftigt.

Sarti dreht sich zum Auto um und fragt: »Ist das dein Sohn?«

Golfarini Antilio nickt. Das Problem ist nun, daß man dem Kind die Spraydose mit dem schwarzen Lack wegnehmen muß, die es zum Lackieren seines kleinen Tretautos verwendet, ohne daß es zu weinen anfängt.

Um den Vater macht sich Sarti keine Sorgen: Der weint, das Gesicht in den Händen vergraben, aber Sarti macht sich keine Sorgen um ihn. Die Tränen der Erwachsenen haben ihn noch nie beeindruckt. Oder er hat sich daran gewöhnt. Er erinnert sich nicht genau.

Reden wir noch einmal ein wenig über »Haus, Hof und Kirche«

Hauptkommissar Raimondi läuft zu Bestform auf: Seine Augen glänzen vor Freude, und er redet und redet, ohne Atem zu holen.

Ab und zu muß er die Tränen trocknen, die sich in seinen Augenwinkeln bilden und die Neigung haben, über seine runden Backen zu kullern. Wenn Hauptkommissar Raimondi sehr glücklich ist, dann weint er.

Die Journalisten registrieren alles: Gianni »Glühwürmchen« Deoni macht auch eine Tonbandaufzeichnung, scheint aber nicht zufrieden zu sein. Ich kenne ihn.

»...und so kann ich Ihnen, nur achtundvierzig Stunden nach dem Verbrechen, mitteilen, daß wir bereits zur Lösung des Falls gelangt sind: Meine Leute haben gute Arbeit geleistet, getreu den Anweisungen, die ich ihnen, gewissermaßen, erteilt hatte. Vor allem einer von ihnen hat penibel die Befehle befolgt und ist sofort zu dem Schluß und zur Festnahme des mutmaßlichen Schuldigen gelangt. Dies beweist, daß dort, wo, gewissermaßen, Disziplin herrscht, auch Effizienz, Dynamik, Koordination ...«

Und so redet er eine Dreiviertelstunde weiter, aber die Worte »Kommissar Sarti« kommen ihm kein einziges Mal über die Lippen.

Als die Ansprache zu Ende ist, wartet Gianni »Glühwürmchen« Deoni am Tor des Polizeipräsidiums auf Sarti. Er sagt: »Ich spendiere dir einen Espresso.«

Sie gehen in Richtung Bar.

»Glühwürmchen« fährt fort: »Du hättest mir Bescheid sagen können! *Ich* habe dir immer geholfen! Du hättest mich anrufen und sagen können: Ich hab' ihn! Dann hätte ich auch deinen Namen in den Artikel gebracht. Jetzt schreibe ich das, was er gesagt hat. Aber das werden auch die anderen schreiben, und von dir wird keiner reden. Mein Chef hätte mir... hätte mir... Na ja, ich hätte erwartet, daß du mich wie einen Freund behandelst.«

Er redet und gibt keinen Augenblick Ruhe.

Es hätte eine schöne Gelegenheit sein können für »Glühwürmchen«, und sein Chef hätte ihm... hätte ihm...

Kurzum, es wäre für »Glühwürmchen« eine große Chance gewesen.

Aber es ist sonnenklar, daß Kommissar Sarti einfach nicht daran gedacht hat. Denn Sarti ist jemand, der, wenn er kann, jedem einen Gefallen tut. Seinen Freunden schlägt er nichts ab. Und »Glühwürmchen« ist wirklich ein Freund. Der Grund ist unbekannt, aber Sarti betrachtet ihn als seinen Freund.

Ich glaube, das hängt damit zusammen, daß er ihm ein wenig ähnelt: Nie tritt er ins Rampenlicht, genau wie Sarti. Nie hat er den Mut, einen Artikel auf den Tisch seines Chefs zu legen, ohne ein Gefühl der Beklemmung und ohne die Vorahnung, gleich erleben zu müssen, wie man ihn zerpflückt... Aber er ist ein guter Kerl. Nur – er hat Angst; er ist sich nicht sicher bei dem, was er tut.

Nach dem Espresso sagt er zu Sarti: »Ich habe ein wenig über den Toten recherchiert. Über Giacinto Gessi.«

»Ach ja? ›Haus, Hof und Kirche‹…«

»Natürlich weiß mein Chef nichts davon…«

»Natürlich nicht! Dann erklär mir doch mal, warum dein Chef nichts wissen darf…«

Gianni »Glühwürmchen« Deoni weiß nicht, wie er es erklären soll. Er sagt: »Ich weiß nicht, ob er einverstanden wäre. Das ist alles!«

»Ja, und?«

»Über ihn weiß ich jetzt alles, und ich verstehe einfach nicht, was er um zwei Uhr in der Nacht an der Stelle gemacht hat, wo du ihn tot aufgefunden hast. Kannst du mir etwas dazu sagen?«

Sarti hat sich nie eine solche Frage gestellt, deshalb macht er jetzt nichts anderes, als die Achseln zu zucken und mit dem Löffel die Reste des dunklen Zuckers in der Kaffeetasse zusammenzukratzen.

»Dann hör mir zu und sag mir, ob dir das logisch erscheint…«

Sarti verliert allmählich die Geduld: »In meinem widerwärtigen Beruf gibt es nichts Logisches! Oder erscheint es dir etwa logisch, daß sie mich nachts dorthin schicken, damit ich eine Mauer bewache? Erscheint es dir etwa logisch, daß irgend jemand etwas draufschreibt, nur um mich zu ärgern? Einen Polizisten zu ärgern? Kommt es dir vielleicht logisch vor, daß ich herausfinde, wer es gewesen ist, und daß ›er‹ dann von befolgten Befehlen und erteilten Weisungen spricht? Kommt es dir etwa logisch vor, daß man mich nicht einmal eines Wortes würdigt?«

Aber Gianni »Glühwürmchen« Deoni hat etwas zu sagen, und er sagt es, ohne Sarti weiter zuzuhören: »Giacinto Gessi, Bauer, sechsundzwanzig Jahre ...«

»... nichts als Haus, Hof und Kirche ...«

»Nichts als Haus, Hof und Kirche, ja! Tatsächlich geht er jeden Sonntag in die Messe ...«

»... ging er ...«

»... ging er in die Messe, jeden Sonntag, und er hat auch gebeichtet. Und dann gibt es noch eine andere Tatsache: Fast jeden Abend ist er nach der Sendung von *Carosello* ins Bett gegangen. Das heißt: schon dann, wenn die erste Episode zu Ende war. Es gibt einen Haufen Leute, die bereit sind, das zu beeiden. Er hatte auch ein paar Freunde, zwei oder drei, und wenn er ausgegangen ist, dann ist er mit ihnen ausgegangen. Dann plötzlich, und man weiß nicht genau, warum, beschließt dieser Typ eines Abends, eines Nachts, allein spazierenzugehen, und er läßt sich in der Nähe eines Denkmals auffinden, ausgerechnet in dem Augenblick, als irgend jemand davonläuft, nachdem er dort etwas aufgesprüht hat. Um zwei Uhr in der Nacht ...«

Sarti läßt ihn nicht ausreden. Er sagt: »Lauter schönes Gerede! Er hätte auf dem Heimweg von seinem Schatz sein können. Du wirst mir doch nicht erzählen, daß er seine Freunde auch zu seinem Mädchen mitgenommen hat.«

Jetzt ist es Gianni »Glühwürmchen« Deoni, der ihn unterbricht: »Er hatte kein Mädchen. Es sieht nicht so aus, als hätte er überhaupt Frauen gehabt! Um zehn Uhr abends ist er ins Bett gegangen und um fünf Uhr früh aufgestanden. Das sagen alle. An diesem Abend ist er um zehn ins Bett gegangen, nachdem er zusammen mit dem Pfarrer ferngesehen hat. Im Haus des Pfarrers. Niemand hat gesehen oder gehört, daß er ausgegangen ist ...«

»Warum schreibst du das nicht in deinem Artikel?«

Er geht hinaus, setzt sich in seinen Fiat 850 und läßt den Motor an.

Gianni »Glühwürmchen« Deoni bittet, ihn bis zur Zeitung mitzunehmen.

Keiner der beiden macht den Mund auf.

Erst als sie auf dem Vorplatz des Redaktionsgebäudes stehen, wiederholt Kommissar Sarti: »Warum schreibst du davon nichts in deinem Artikel?«

»Ich weiß nicht, ob der Chef damit einverstanden wäre ... Das würde doch heißen, euch in ein schlechtes Licht zu rücken, das Polizeipräsidium, und darauf legt er keinen großen Wert.«

»Dann geh und erzähle es Hauptkommissar Raimondi.«

»Glaubst du, daß den das interessieren könnte?«

Wie ich bereits mehrfach erwähnt habe, wird Sartis Humor nicht von allen verstanden: Nur ich und wenige Vertraute genießen dieses Privileg.

Der Kommissar fährt fluchend weiter, während Gianni »Glühwürmchen« Deoni ihm hinterherschreit: »Glaubst du, daß meine Geschichte den Hauptkommissar interessieren könnte?«

Sarti macht ihm durch das Fenster des Fiat 850 ein Zeichen.

Er ist müde. Das heißt: Er war müde! Jetzt hat ihm die Geschichte mit Hauptkommissar Raimondi und Gianni »Glühwürmchen« Deoni einen Strich durch die Rechnung gemacht.

Sarti wirft sich trotzdem aufs Bett, angekleidet, wie er ist. Ihm kommt der Gedanke an einen guten Kaffee, für ihn zubereitet von der Biondina ...

Um diese Uhrzeit ist sie bestimmt nicht auf den Viali unterwegs, die Biondina …

»Jetzt schlafe ich. Seit über zwanzig Stunden habe ich kein Auge zugetan. Jetzt schlafe ich, und dann sehe ich weiter!«

Aber das Schicksal will, daß er nicht schlafen darf, zumindest vorläufig nicht, weil das Telefon (so scheint es ihm) direkt im Innern seines Kopfes schrillt.

Er nimmt ab: »*Pronto*!«

Es ist Hauptkommissar Raimondi: »Mein lieber, guter Sarti! Du bist noch vor den Journalisten weggegangen und hast mir, gewissermaßen, nicht die Zeit gelassen, ein paar Worte mit dir zu wechseln und dich zu beglückwünschen …«

»Ich war müde! Ich bin immer noch müde!«

Aber der andere hat keinen Sinn für solche Feinheiten: »Weißt du was? Er ist Parteimitglied! Ich bin wirklich gespannt zu sehen, was morgen gewisse Zeitungen schreiben. Ich bin der Ansicht, daß alles aufgebauscht wird, um den anderen die Schuld in die Schuhe zu schieben … Und damit wir dumm dastehen. Aber wir, wir schlafen nicht, gewissermaßen …«

»Er« hält das für einen köstlichen Witz, und deshalb lacht »er« los, allein, wie ein armer Irrer. Dann fährt »er« fort: »Entschuldige, aber weißt du, es ist mir gerade so eingefallen. Wir schlafen nicht! Und dabei hast du genau in dem Augenblick geschlafen, als …«

»Er« lacht so sehr, daß »er« nicht weitersprechen kann.

Sarti sagt: »Ich gehe wieder ins Bett. Gute Nacht!«

Er legt auf und geht zurück zu seinem Bett, aber er hat sich kaum entspannt, da fängt das Telefon wieder an zu läuten.

Diesmal ist es Gianni »Glühwürmchen« Deoni, und der sagt: »Ich glaube wirklich, daß du dieser Sache auf den Grund gehen mußt. Ich habe mit dem Chef darüber gesprochen, und er sagt, ein intelligenter Polizist müßte ... Kurz und gut, auch ihm kommt es unwahrscheinlich vor, daß Giacinto Gessi um zwei Uhr in der Nacht unterwegs war. Du müßtest mit dem Pfarrer von Pieve del Pino reden, mit Hauptkommissar Raimondi, mit ... «

»Mit dem heiligen Antonius!«

»Der Pfarrer hat mir klipp und klar gesagt: ›Cintino (so haben ihn alle genannt) ist vorgestern um zehn ins Bett gegangen. Ich bin mir sicher, weil er bei mir zu Hause ferngesehen und dann zu mir gesagt hat: Gute Nacht, ich gehe jetzt ins Bett.‹«

»Hör zu, Glühwürmchen ... «

»Ich heiße nicht ›Glühwürmchen‹!«

»Ich habe die Nase gestrichen voll von dieser ganzen Geschichte! Ich habe getan, was ich konnte und für richtig hielt! Wenn es jetzt noch etwas gibt, wird die Polizei es herausfinden. Gute Nacht!«

Der andere läßt nicht locker: »Aber es kann sein, daß es sich bei der Leiche gar nicht um Giacinto Gessi handelt! Stell dir vor, was das für ein Knüller wäre! Und ich hätte dich auf die richtige Fährte gesetzt! Du hast gesehen, wie er zugerichtet war, oder? Bis zur Unkenntlichkeit! Ich habe dich auf die richtige Fährte gesetzt. Bin ich nun ein Freund?«

Kommissar Sarti spürt die ersten Symptome der Kolitis. »Glühwürmchen!«

»Nenn mich nicht ›Glühwürmchen‹!«

»Ich bin müde!«

Er wirft den Hörer auf die Gabel, flucht und geht hinunter in die Garage, mit einer Decke unter dem Arm. Er flucht auch noch, als er der Dame aus dem Stock über ihm begegnet, die zum Einkaufen geht.

Sobald er in seinem Fiat 850 sitzt, schläft Sarti ein. Auf der Stelle. Bei ihm in der Wohnung läutet inzwischen wieder das Telefon.

Eines Tages in einem Graben …

Seid ihr je dabeigewesen? Wenn nicht, rate ich euch, es nachzuholen, sobald ihr könnt: Ich glaube nicht, daß es euch an Gelegenheiten fehlen wird, so, wie die Zeiten sind. Ich bin nur ein einziges Mal bei einer Denkmalenthüllung dabeigewesen, nämlich bei der von Sartis Denkmal. Nicht in dem Sinne, daß es Sarti gewidmet wäre, sondern in dem Sinne, daß Sarti damit befaßt war.

Eine solche Enthüllung ist (und das wußte ich nicht) eine ernste Angelegenheit!

Jemand erscheint, in der Regel ein dicklicher kleiner Typ mit einer um die Hüften gelegten Schärpe; ringsumher stehen Leute, ernst; einige haben einen Hut auf dem Kopf, andere halten ihn in der Hand. Die Damen, alle klein und dicklich, halten in der Linken den Blumenstrauß und in der Rechten die Handtasche oder die Handtasche in der Linken und den Blumenstrauß in der Rechten.

Alle begrüßen sich mit einer wiegenden Kopfbewegung, bestenfalls mit einem Handzeichen. Niemand sagt: »Ciao, warum bist du hier?« Oder: »Guten Tag, wie geht es Ihnen?«

Eine Neigung des Kopfes und ein Händedruck. Ernsthaftigkeit und würdevolle, ehrerbietige und teilnehmende Präsenz.

Dann postiert sich jemand, den niemand außer seinen Angehörigen kennt, auf der Tribüne und stellt den mit der Schärpe vor, den alle kennen, weil er vielleicht der Bürgermeister, der Präfekt, der Minister, der König oder bisweilen auch ein Fernsehansager ist.

Unter gar keinen Umständen darf man den Priester vergessen; es kann manchmal auch ein Bischof oder ein Papst sein. Für die jeweiligen Segnungen. Bei Sartis Denkmal ist es der Pfarrer, den wir schon kennen. Er spritzt mit Weihwasser um sich, und in der Rede, die ebenfalls er hält, sagt er, daß er sich über die ihm gebotene Gelegenheit freut, weil von den dreiundfünfzig Gefallenen nicht weniger als vierzig seine Pfarrkinder waren. Er habe sie sehr gut gekannt und habe, zusammen mit ihnen, die Qualen des Krieges ertragen, die Entbehrungen der Hungersnot und all diese Dinge ...

Es geht noch eine ganze Weile so weiter, danach kehrt jeder wieder nach Hause zurück und trinkt einen Orangensaft.

Oder so ungefähr ...

Aber Kommissar Sarti kehrt nicht nach Hause zurück. Er wartet, bis die anderen gegangen sind. Er schließt sich Rosas an und sagt: »Ich dachte, diese Dinge würden dich nicht interessieren ...«

»Wir haben alle unsere Schwächen ...«

»Es tut mir leid um deinen Parteigenossen, den ich festnehmen mußte.«

»Ich bin in keiner Partei, das weißt du ganz genau, Kommissar!«

»Übrigens bist ausgerechnet du es gewesen, der mir das Startsignal gegeben hat ...«

»Richtig!«

Sarti hat noch andere Fragen, aber er weiß nicht, wie er anfangen soll.

Er macht sich erst einmal schlau. »Gehst du wieder hinunter?«

Rosas schüttelt den Kopf.

»Bleibst du hier?«

Rosas schüttelt den Kopf.

»Was machst du dann? Darf man das erfahren?«

»Ich gehe ins Dorf. Ich habe einiges zu erledigen.«

»Wenn du mitfahren willst...« Und Sarti geht zu seinem Fiat 850. Aber er fährt nicht los. Wer sich dagegen in Bewegung setzt, das ist Rosas, und zwar geht er in Richtung Pieve del Pino.

Sarti fährt ihm ein Stück mit dem Auto hinterher, dann holt er ihn ein und sagt: »Steig ein, ich begleite dich.«

Als Rosas Platz genommen hat, fängt Sarti wieder an: »Was sagst du dazu? Ist es möglich, daß es ›Rote Socken‹ war?«

Rosas antwortet nicht.

»Trotzdem, alles erscheint so klar. Er sprüht, er läuft davon, er trifft Giacinto Gessi, der ihn kennt, er bringt ihn um, damit es keinen Zeugen gibt... Alles erscheint so klar!«

»Genau. Alles erscheint klar. Doch es gibt etwas, was dich nicht überzeugt. Ist es nicht so?«

»Ich bin hundertprozentig überzeugt! Ich wollte nur deine Meinung hören.«

»Ach so!«

Kommissar Sarti fragt: »Was soll das heißen: ›Ach so‹?«

»Eines Tages weidet ein roter Elefant in einem Graben. Da kommt ein Jäger vorbei, aber er sieht ihn nicht. Seine

Freunde fragen ihn: ›Hast du einen roten Elefanten im Graben weiden sehen?‹ Er sagt: ›Nein! Am Rand des Grabens gibt es so viele Erdbeeren, und es ist mir wohl entgangen, daß dort ein roter Elefant geweidet hat.‹«

»Das ist wirklich eine hübsche Fabel: Hoffentlich erinnere ich mich daran, wenn ich Enkelkinder habe. Ach, leck mich doch!«

Bis zum Dorf spricht keiner der beiden mehr ein Wort.

Als Rosas aussteigt, sagt er: »Wenn du mit mir kommst, Kommissar, gehen wir auf einen Sprung in die Kirche ...«

Sarti reißt die Augen auf: »In die Kirche?«

»Ja. Um ein bißchen mit dem Pfarrer zu plaudern ...«

»Du willst mit dem Pfarrer reden?«

Rosas nickt und geht weiter. Sarti steigt aus und folgt ihm, ohne seinen Fiat 850 abzuschließen. Hier besteht nicht die Gefahr, daß er ihm gestohlen wird. Sie brauchen nur das Nummernschild zu sehen ...

Der Priester ist in der Kirche und betet. Als er fertig ist und herauskommt, sagt Rosas zu ihm: »Guten Tag.« Dann wartet er. Auch Sarti wartet, der Priester ebenfalls. Keiner kann sich entscheiden. Es wird damit enden, daß ich etwas sagen muß. Und ich wüßte wirklich nicht, was.

Sarti macht Rosas ein Zeichen, aber Rosas betrachtet die Kirche, den Campanile, das Portal und alles andere ...

Deshalb beginnt Sarti: »Ich bin von der Polizei ...«

Der Pfarrer sagt: »Jawohl, ich glaube, ich habe Sie an jenem Tag da gesehen. Der arme Giacinto, was für ein schreckliches Ende! Doch ich glaube, daß dieser junge Mann hier nicht dabei war ...«

»Nein. Er ist nicht dabeigewesen. Aber ich glaube, daß er Sie etwas fragen will, Hochwürden.«

Wenn Rosas jetzt nicht redet, dann kann es wirklich passieren, daß Sarti ihm einen Tritt gegen das Schienbein gibt.

Es ist nicht nötig, denn Rosas sagt: »Man hat mir berichtet, daß Giacinto Gessi jede Woche zur Beichte gegangen ist.«

»O ja. Ein wirklich braver Junge. Was für ein schreckliches Ende. Es sah fast so aus, als hätte er gewußt, daß er so enden müßte. Eben an dem Abend vor dem Unglück habe ich ihn hier angetroffen, in der Kirche, kniend und betend. Ich habe zu ihm gesagt: ›Komm, Cintino, ich muß abschließen.‹ Er hat mich angelächelt und ist gegangen. Ihn in der Kirche anzutreffen ist mir sehr merkwürdig vorgekommen, weil ich ihn außer am Sonntagmorgen nie hier gesehen habe …«

»Hat er Ihnen je gebeichtet, daß er ein Mädchen hatte?«

Der Pfarrer fühlt sich unbehaglich. Sarti auch, aber er interveniert nicht. Er sagt auch nicht, daß Rosas nicht von der Polizei ist.

»Ehrlich gesagt dürfte ich keine Dinge preisgeben, die mir während der Beichte enthüllt worden sind …«

»Ich will nur wissen, ob er Frauen hatte. Nichts weiter! Das scheint mir kein Beichtgeheimnis zu sein.«

Der Priester wirkt ein wenig beruhigt: »Ich würde in der Tat meinen, daß er kein Mädchen hatte. Im Dorf wüßte man das. Und ich wüßte es auch. Der arme Junge!«

Rosas studiert immer noch den Campanile. Er sagt vor sich hin: »Er war sechsundzwanzig!« Er sagt es, als wollte er damit zum Ausdruck bringen: Irgendein Problem mit dem Unterleib muß er wohl gehabt haben.

Hochwürden versteht, und Sarti auch. Der großgewachsene Priester kratzt sich am Kopf. Er brummelt: »Vielleicht einmal ein kleiner Ausflug in die Stadt... In seinem Alter ist es schwer, sich bestimmten Versuchungen zu entziehen.«

»Vielleicht?« Jetzt, da er weiß, worüber zu reden ist, kann sich auch Kommissar Sarti zu Wort melden. Er sagt: »Wenn Sie etwas wissen, Hochwürden, haben Sie die Pflicht, es uns mitzuteilen. Ich glaube nicht, daß das Beichtgeheimnis... Kurzum, es geht darum, daß Sie uns helfen, den Mörder zu fassen!«

Der Pfarrer reißt die Augen auf: »Aber haben Sie ihn denn nicht schon gefaßt?«

Was wird er ihm jetzt erzählen?

»Doch, ja, richtig. Nur daß wir einige Beweise brauchen... Kurz und gut, wir müssen wissen, ob Giacinto Gessi irgendwelche Beziehungen hatte. Das ist alles.«

»Kommen Sie herein.«

Er geht ihnen in die Kirche voran. Der Priester macht das Kreuzeszeichen, wie auch Kommissar Sarti. Dieser Riese von einem Priester sperrt die Tür zu, setzt sich in eine Bank und beginnt so: »Der arme Giacinto... Nun, er hatte... Das heißt, er ist manchmal in die Stadt gegangen. Ein paarmal im Monat, soweit er mir gesagt hat. Aber ich weiß nicht, wohin. Das weiß ich wirklich nicht. Der arme Giacinto...«

Rosas glaubt es schon zu wissen, denn er sagt so leise, daß ich nicht weiß, ob der Pfarrer es gehört hat oder nicht: »Er ist in einen Puff gegangen! Wohin denn sonst?«

Mit Sicherheit hat Sarti es gehört, denn er wiederholt mit lauter Stimme: »Ein paarmal im Monat, Hochwürden?«

Hochwürden nickt.

Leise fährt Rosas fort: »Könnte man einmal einen Blick auf seine Sachen werfen? Also, in sein Zimmer?«

Der Pfarrer ist irritiert. Zuzusehen, wie so ein Riesenmannsbild immer unsicherer wird, ist einigermaßen beeindruckend. Man begreift, daß er an solche Reden nicht gewöhnt ist. Er sagt: »Warten Sie hier.« Und er entfernt sich.

Sarti platzt los: »Du weißt, daß man dafür einen Durchsuchungsbescheid braucht? Du weißt, daß du eingelocht wirst, wenn jemand dahinterkommt, daß du dich als Polizist ausgegeben hast?«

Rosas betrachtet unterdessen die Bilder. Er sagt:

»Ich habe mich nicht als Polizisten ausgegeben. Ich habe nichts dergleichen gesagt.«

»Aber er glaubt es. Er denkt, du wärst ein Polizist wie ich!«

Rosas schüttelt den Kopf: »So ein Irrtum! So ein gewaltiger Irrtum! Bei Gott!«

»Hör auf…«

»Pst! Wir sind in einer Kirche, Kommissar!«

Der Priester kommt zurück und sagt: »Bitte sehr, seine Eltern haben mir den Schlüssel gegeben. Sie sagen, daß dieses Zimmer niemand mehr betreten hat, nicht einmal sie selbst, und sie lassen bitten…«

Es ist ein Dachkämmerchen im wahrsten Sinn des Wortes: Die Holzdecke reicht bis zum Fußboden, und zwischen den einzelnen Balken dringen ein paar Sonnenstrahlen herein. Im Winter muß es hier drinnen wirklich ein Eiskeller sein!

Es gibt ein Bett, einen schäbigen Schrank und einen Stuhl. Unter dem Stuhl steht ein Paar Schuhe voller dunkler, bereits getrockneter Erde. Rosas nimmt sie in die Hand und betrachtet sie genau.

In einer Ecke steht eine Kiste, auf der Postkarten liegen.

Sarti beschäftigt sich mit ihnen, sieht sie an, eine nach der anderen, und liest die Unterschriften auf der Rückseite.

Rosas öffnet unterdessen den Schrank: Anzüge (zwei), ein Mantel, zugedeckt mit alten Zeitungen, und ein weiteres Paar Schuhe, mit Spitze, auf Hochglanz poliert. Die für die Festtage oder für die Ausflüge in die Stadt, wer weiß, in welches Freudenhaus.

Sarti zeigt Rosas die Unterschrift auf einer Postkarte mit einer Ansicht von Venedig: »Da, schau her! Sie ist vom vergangenen Monat datiert und ist die letzte. Hier steht: ›Einen großen Kuß für meinen schönen Cinto. Clara.‹ Es ist die einzige mit der Unterschrift einer Frau.«

Rosas zuckt mit den Achseln. Aber er hat nichts zu sagen, fängt zu pfeifen an und wühlt weiter.

Von der Türschwelle aus sieht der Priester ihnen zu. Er wirkt konsterniert und besorgt. Es ist, als wartete er darauf, daß aus dem Schrank oder aus den Taschen eines Anzugs urplötzlich eine Schachtel mit Kondomen zum Vorschein kommt. Aber nichts passiert, und als Sarti sagt: »Wir können gehen«, seufzt er tief auf.

Rosas stellt die schmutzigen Schuhe wieder unter den Stuhl und geht hinaus.

Auf der Rückfahrt hat Sarti Stoff zum Nachdenken und Rosas ebenfalls. Sarti möchte schon zu Hause sein, in seinem Badezimmer: Dort kann er nämlich wirklich gut denken. Und dort kommen ihm bisweilen auch gute Ideen. Bisweilen… Und außerdem ist er gewohnt, laut nachzudenken.

Und das tut er jetzt: »Ich kann mich täuschen, aber Clara… Clara… Mir kommt es so vor, als gäbe es eine gewisse Clara in der Via Solferino 10. Eine, die an die Nutten vermietet… Die Karte ist nicht abgeschickt worden; sie hat sie ihm in die Hand gedrückt. Sonst hätten die im Dorf das erfahren… Sie hat keinen Poststempel und auch keine Briefmarke, und sie trägt als einzige die Unterschrift einer Frau…«

Rosas hört ihm zu, pfeift aber weiter vor sich hin; er unterbricht sich nur einen Moment, um zu fragen: »Hast du diese dreckigen Schuhe gesehen?«

Sarti nickt und flucht, weil irgendein Typ mit einer Honda ihn mit wer weiß wieviel Sachen überholt und sich vor seine Kühlerhaube setzt, damit er nicht von den Autos überfahren wird, die aus der anderen Richtung kommen. Er hupt ihn an, aber der andere macht ihm ein Zeichen mit der Hand, ohne sich auch nur umzuwenden. Er zieht die geballte Faust von oben nach unten durch die Luft, dann gibt er Gas, und weg ist er.

Sarti sagt: »Das sind die, die er anhatte, als ich ihn im Graben gefunden habe…«

»Sie haben ihn ohne Schuhe beerdigt?«

»Der Pfarrer hat ihm ein Paar neue Schuhe angezogen, die er in der Stadt gekauft hat. Das gleiche hat er mit dem Anzug gemacht.«

»Wer weiß, warum sie sie aufbewahrt haben? Und der Anzug, wo ist der gelandet?«

»Der Anzug war blutverschmiert und zerrissen. Sie haben ihn verbrannt.«

Rosas fängt wieder an, seine Liedchen zu pfeifen, von denen man nicht genau weiß, wo er sie aufgeschnappt hat.

Und außerdem gibt es noch die Arbeit auf der Straße!

Man kann nicht gerade behaupten, daß im Wagen 28 übermäßig viel Arbeit anfiele: Manchmal kann man sogar schlafen. Wichtig ist nur, daß Hilfskommissar Cantoni wach bleibt und der Funk ständig abgehört wird…

Gleich nach dem Mittagessen wäre die Zeit für einen guten Espresso gewesen, aber nicht einen in der Bar, sondern einen, den Kommissar Sarti selbst zubereitet.

Ein Mittagessen im eigentlichen Sinn, also, ich weiß nicht recht…

Sarti sagt: »Was ist heute bei dir auf den Tisch gekommen?«

Hilfskommissar Cantoni muß ein wenig nachdenken, bevor er antwortet: »Also – Tagliatelle mit Ragout, gegrilltes Schweinekotelett, Erbsen mit Tomatensauce…«

»Genau das richtige für dein Magengeschwür. Und nachher beklagst du dich, daß du Schmerzen hast!«

»Ich habe nicht gesagt, daß ich das gegessen habe. Du hast mich gefragt, was auf den Tisch gekommen ist. Mein Sohn, meine Frau und meine Schwiegermutter haben Tagliatelle mit Ragout gegessen, ein Schweinekotelett, Erbsen…«

»Ich habe Kolitis…«

»Ich weiß!«

»Laß mich ausreden! Ich habe Kolitis, und das Essen, das es in der Polizeikantine gibt, ist genau dazu angetan, meine Leiden weiter zu vermehren. Hör zu: Gemüsesuppe, ein Beefsteak mit Sugo und gekochtem Gemüse. Hinterher geschmorte Birnen.«

»Dann geh eben nicht hin! Iß bei dir zu Hause.«

»Mir fehlt die Zeit zum Kochen. Jetzt möchte ich einen guten Espresso.«

Nach längerem Schweigen brummt Felice: »Ich dagegen habe eine Tasse Milch zu mir genommen, ein kleines Stück Käse und Kartoffelbrei mit einer Prise Salz ...«

»Na, fabelhaft! Da ist ja die Polizeikantine noch besser! Fahr bei Filicori vorbei: Ich will einen guten Espresso.«

Felice Cantoni dreht um, ohne vorher den Blinker zu betätigen; irgend jemand flucht.

Dann beginnt der Funk mit seiner Leier: »Wagen 16... Wagen 16... Wagen 38... Wagen 38...«

Sarti hält die Augen fest auf das Mikrofon gerichtet und wartet. Er weiß, daß irgendwann auch sein Wagen an die Reihe kommt. Und dann kann er den Kaffee bei Filicori vergessen!

Und tatsächlich: »Wagen 28... Wagen 28... Sofort zur Via Quattro Novembre! Eine große Gruppe von Studenten, aus der Umgebung der Universität kommend, veranstaltet eine nichtgenehmigte Demonstration. Die Via Quattro Novembre absperren, bevor die Studenten bei der Präfektur eintreffen, die offensichtlich ihr Ziel ist... Wagen 28...«

Felice Cantoni wendet noch einmal, diesmal mit Signalzeichen, schaltet die Sirene ein und rast dahin wie ein Wahnsinniger.

Das sind sie – seine Glücksmomente! Die Reifen quietschen hören! Das Geheul der Sirene fasziniert ihn! Er hält das Lenkrad umklammert, nach vorn gebeugt, die Augen auf den Asphalt gerichtet, ein seliges Lächeln auf den Lippen.

Das sind aber auch die Augenblicke, in denen Kommissar Sarti unter den schmerzhaftesten Kolitisschüben leidet. Er beißt sich auf die Lippen und ruft: »Nicht so schnell, Herrgott noch mal! Nicht so schnell!«

Er hält sich am Griff der Wagentür fest wie am Behandlungsstuhl des Zahnarztes. Aber Hilfskommissar Cantoni hat schon abgehoben.

Unterdessen setzt das Funkgerät seine Abfolge von Fernbefehlen fort.

Sie kommen in die Via Quattro Novembre und sehen, daß die Straße bereits von zwei anderen Polizeiautos blokkiert worden ist. Sie steigen aus.

Sarti brüllt: »Raus mit dem Gummiknüppel!«

Hilfskommissar Cantoni bleibt wie angewurzelt stehen. Er reißt die Augen auf und starrt den Kommissar an. Dann sagt er: »Die sind nicht da! Weder deiner noch meiner!«

»Was soll das heißen: Die sind nicht da?«

»Die Gummiknüppel sind nicht da!«

Sarti geht um das Auto herum und stellt sich neben ihn. Oben an der Via Quattro Novembre kann man schon das Geschrei hören: »Freiheit für Grossi! Freiheit für Grossi! Freiheit für Grossi!«

Sarti packt Felice an der Jacke: »Was soll das heißen: Die sind nicht da?«

»Das heißt, daß ich sie der Abteilung Waffen und Geräte zurückgegeben habe, damit sie sie dort austauschen, und daß ich dann hätte vorbeigehen sollen, um die neuen, die längeren, die Schlagstöcke abzuholen ...«

Seine Augen sind immer noch weit aufgerissen. Jetzt reißt auch Sarti die seinen auf. Er knurrt leise: »Und jetzt?«

Felice blickt betrübt drein: »Gehen wir so? Ohne irgendwas?«

Sarti sagt, immer noch leise: »Hol die Helme raus!«

Aber Hilfskommissar Cantoni rührt sich nicht von der Stelle. Ebenfalls mit leiser Stimme sagt er: »Die sind nicht da!«

Sarti hat die Nase endgültig voll: Er setzt sich auf das Trittbrett von Wagen 28, in die offene Tür, und betrachtet die Polizisten am Ende der Straße. Er sieht sie von hinten, wie sie sich vorwärtsbewegen – mit erhobenem Schlagstock (von der gleichen Art wie der, den er noch in der Abteilung Waffen und Geräte liegen hat)...

Etwas fliegt durch die Luft und fällt zu Boden: Steine oder sonstwas.

Felice Cantoni erklärt: »Sie hatten Rost angesetzt, und ich habe die Gelegenheit genutzt und die Abteilung Waffen und Geräte darum gebeten, sie auch gleich auszutauschen... Ich habe doch nicht wissen können, daß wir ausgerechnet heute...«

Kommissar Sarti nickt.

Unterdessen werden die Polizisten von den Studenten zurückgedrängt. In Richtung Präfektur und Wagen 28, wo ein Hilfskommissar (fix und fertig) dasteht und ein Kommissar (erschöpft) auf dem Trittbrett sitzt. Alle drei zu nichts nutze: das Auto, der Kommissar und der Hilfskommissar.

»Freiheit für Grossi! Freiheit für Grossi! Freiheit für Grossi!«

Schon landen ein paar aus dem Pflaster gerissene Steine

in der Nähe der beiden. Der Radau ist nur noch zwei Meter entfernt: Sarti hört ganz genau, wie seine Kollegen keuchen. Sie sind zu beleibt für diese Arbeit auf der Straße, wahrscheinlich wurden sie in letzter Not für diese Aktion angefordert, für die sie nicht mehr geeignet sind. Hier braucht man junge Männer von zwanzig Jahren – nicht solche in Streifenwagen! Das bedeutet, daß die jungen Polizisten wohl irgendwo anders im Einsatz sind.

Und so sind die Demonstranten inzwischen fast schon bei der Präfektur angelangt.

Der gußeiserne Deckel eines Straßengullys, von Gott weiß wem durch die Luft geschleudert, rollt Hilfskommissar Felice Cantoni vor die Füße.

Jetzt, da seine Verwirrung der Wut und den Attacken seines Magengeschwürs gewichen ist, möchte Felice ihm, diesem Deckel, einen Tritt versetzen. Aber dann besinnt er sich und wuchtet ihn hoch. Mit einem kraftvollen Wurf schickt er ihn zu den Demonstranten zurück: »Soll er euch doch das Genick brechen!«

Aber das passiert nicht: Tatsächlich hören sowohl Sarti als auch Felice das Geräusch, das der Deckel macht, als er auf den dunkelroten Steinwürfeln des Straßenpflasters landet, zwischen den Beinen der Studenten.

Der nächste Lärm, den der Deckel verursacht, entsteht, als er zu den beiden zurückkehrt, wieder von irgend jemandem durch die Luft geschleudert. Nur daß diesmal das Aufprallgeräusch dumpfer ist – als habe er einen Kopf ohne Helm getroffen. Es war der Kopf von Hilfskommissar Cantoni!

Der nur noch sagt: »O Gott!«

Und er sinkt neben Wagen 28 zu Boden. Als er mit dem

Gesicht auf der Höhe von Kommissar Sartis Gesicht angelangt ist, sieht er diesen verzweifelt an und sagt noch einmal: »O Gott!«

Und nichts weiter bis zum Ospedale Maggiore, dritter Stock, Zimmer 104.

Genau hier holt sie Hauptkommissar Raimondi ein. »Der Helm dient, gewissermaßen, dazu, den Kopf vor Schlägen zu schützen, aus welcher Richtung auch immer sie kommen! Und Ihre Helme, Kommissar Sarti? Während einer Demonstration dürfen Sie sie nicht im Auto liegenlassen, sondern Sie müssen sie aufsetzen!«

Sarti Antonio wartet, bis ein schmerzhafter Schub vorbei ist, und antwortet: »Um ehrlich zu sein: Sie waren auch nicht im Auto…«

»Nein? Und wo waren sie dann, wenn man, gewissermaßen, fragen darf? Wo waren sie dann?«

»Ich glaube, sie waren in der Abteilung Waffen und Geräte, wo sie ausgetauscht werden sollten…«

»Das ist ja großartig! Und Sie gehen zu zweit, um eine aufrührerische Demonstration aufzulösen, und haben die Helme, gewissermaßen, bei Waffen und Geräte liegen.«

Kommissar Sarti hat nichts weiter zu sagen. Er setzt sich hin und wartet. Er betrachtet Felice Cantonis bandagierten Kopf, der so riesig ist wie ein Basketball. Man sieht seine noch geschlossenen Augen und einen Schlitz dort, wo der Mund ist. Hauptkommissar Raimondi fährt fort: »Sie, Herr Kommissar, brauchen viel Ruhe. Lassen Sie sich von Ihrem Arzt untersuchen und krank schreiben… Fahren Sie in die Berge und kurieren Sie Ihre Kolitis aus… Und bleiben Sie dort! Bleiben Sie zumindest so lange, bis sich dieser Pechvogel, der, gewissermaßen, Ihrem gesunden Menschenverstand anvertraut ist, erholt hat und wieder imstande ist, Wagen 28 zu lenken.«

Sarti steht auf und geht hinaus: Er kann es wirklich nicht aushalten, »ihm« zuzuhören, wenn »er« ihn mit »Sie« anspricht.

Vom Krankenlager erhebt sich ein leises: »O Gott.« Das dritte an diesem Tag.

Im Flur befindet sich auch Gianni »Glühwürmchen« Deoni, der Sarti mit den Augen eines geprügelten Hundes anschaut. Er fragt: »Wie geht es dir?«

»Nicht ich bin der Verletzte ...«

»Ich weiß. Ich habe gefragt, wie es dir geht, nachdem du mit Raimondi gesprochen hast.«

Sarti geht zum Aufzug und sagt: »Ich habe einen Kolitisschub: Bring mich bitte nach Hause!«

Gianni »Glühwürmchen« Deoni blickt ängstlich in die Runde. »Um ehrlich zu sein: Ich müßte eigentlich hierbleiben, um zu hören, was der Hauptkommissar bekanntgibt ... Mein Chef hat mir gesagt ...«

Kommissar Sarti hebt die Stimme: »Bitte, bring mich nach Hause, Herrgott noch mal! Mir geht es schlecht!«

Gianni »Glühwürmchen« Deoni insistiert nicht weiter und setzt Sarti, der totenbleich ist, in seiner Wohnung ab, direkt vor der Klotür.

Als Sarti von dort wieder herauskommt, fühlt er sich etwas wohler; auch sein Gesicht hat mehr Farbe. Er fragt: »Möchtest du einen Kaffee?« Und er macht sich an die Zubereitung, ohne die Antwort abzuwarten.

Während sie trinken, sitzen sie auf dem Sofa; Sarti stöhnt laut und ausgiebig. »Mein Gott, was für ein Tag! Genau das habe ich gebraucht, diesen guten Espresso.«

Gianni »Glühwürmchen« Deoni trinkt seine Tasse aus und wartet, bis auch der Kommissar fertig ist. Dann sagt er: »Hast du schon gehört? In Pieve del Pino hat man einen zweiten Toten gefunden! Mit zertrümmertem Schädel, genau wie Giacinto Gessi ...«

Sarti Antonio blickt ihm in die Augen und gießt sich noch ein bißchen Kaffee ein: alles, was noch in der Maschine geblieben war. Er sagt: »Und was habe ich damit zu tun?«

»Ich habe nur gedacht, daß es dich interessieren könnte.«

Sarti schüttelt den Kopf und erklärt: »Nein! Es interessiert mich überhaupt nicht.«

»Na, jedenfalls kann es diesmal nicht Golfarini Antilio gewesen sein, denn der sitzt ja noch!«

Ein Kommissar im Krankenstand

Ein Leben wie Gott in Frankreich – und das alles mit einem einfachen ärztlichen Attest. Darin steht: »... leidet unter akuten Kolitisschüben. Benötigt vierzehn Tage Ruhe, w.o.K. Kann ausgehen.«

Dieses »w.o.K.« steht für »wenn ohne Komplikationen« und soll heißen, daß später, nach den benötigten vierzehn Tagen, vielleicht noch einmal vierzehn dazukommen können und so weiter...

Jetzt steigt Kommissar Sarti erst einmal um neun aus dem Bett; ein guter selbstbereiteter Espresso – und dann auf der Terrasse die Zeitung lesen. Was will man mehr vom Leben?

Gäbe es da bloß nicht die Reportagen von Gianni »Glühwürmchen« Deoni, die ihn an seinen ekelhaften Job erinnern.

Apropos: Ich habe mich an Gianni »Glühwürmchen« Deonis Fersen geheftet, und wetten wir, daß der mich zu seinem Chef führt?

Und hier rattert er eine ganze Geschichte herunter, um ihm, seinem Chef, zu erklären, daß man wer weiß was für Dinge herausbekommen kann, wenn man nur die Geduld hat, beim zweiten Verbrechen von Pieve del Pino am Ball zu bleiben.

Gianni »Glühwürmchen« Deoni wird weiß im Gesicht, wenn es darum geht, bei seinem Chef vorstellig zu werden. Sobald er dann mit ihm spricht, wird er gelb. Er wird rot, wenn der andere, also der Chef, zu ihm sagt, er könne ruhig tun, was er wolle, ihm, Gianni »Glühwürmchen« Deoni, werde es sowieso nicht gelingen, jemals irgend etwas Vernünftiges zustande zu bringen.

Es ist jedesmal die gleiche Geschichte, und Gianni »Glühwürmchen« Deoni gelingt es jedesmal, etwas zustande zu bringen!

Aber er hat noch nicht durchschaut, daß sein Chef ihn nur auf die Schippe nimmt und sich darüber auch noch amüsiert.

Irgendwann werde ich es ihm sagen müssen, aber er wird es mir nicht glauben. Er wird mir antworten, daß sein Chef ihn auf dem Kieker habe.

Er führt mich also tatsächlich zu seinem Chef, und als zweites zu Kommissar Sarti, zur Zeit im Krankenstand. Der liegt auf seinem Bett, die Zeitung auf dem Bauch.

»Glühwürmchen« sagt: »Hast du schon gelesen?«

Sarti Antonio nickt.

Der andere fährt fort: »Hilfst du mir?«

Sarti Antonio schüttelt den Kopf und sagt: »*Ich* bräuchte jemanden, der *mir* hilft ...«

»Aber du bist doch vom Fach ...«

»Scheißfach!« Er nimmt die Zeitung wieder in die Hand, um weiterzulesen.

»Glühwürmchen« sieht nach, was ihn so interessiert, und sagt: »Lies laut vor!«

Sarti liest: »... die Leiche des jungen Mandini Gaetano wurde zusammengerollt und mit zerschmettertem Schädel in einem Abflußgraben gefunden; er war bis zur Unkenntlichkeit entstellt. Die Tatwaffe, ein großer Stein, wurde in geringer Entfernung gefunden und weist keine Fingerabdrücke auf. In den Taschen des jungen Mannes befand sich ein Zettel, auf dem steht: ›Wegen der Sache, über die Sie Bescheid wissen, kommen Sie heute abend zur Pappel. Giacinto Gessi.‹

Unerklärlich ist, daß auch Giacinto Gessi, wie man sich erinnern wird, vor Tagen ermordet und grauenhaft zugerichtet aufgefunden wurde.

Die Polizei tappt im dunkeln. Vielleicht war die erste Leiche gar nicht die von Giacinto Gessi, genannt Cintino? Der Zettel in den Taschen des letzten Opfers würde diesen Schluß nahelegen.

Das kleine Bergdorf, wenige Kilometer von Bologna entfernt, findet keinen Frieden: Den zuständigen Behörden bleibt nun die Aufgabe, ihn diesen ehrlichen Bauern und braven Hausfrauen zurückzugeben. Gianni Deoni.«

Sarti Antonio betrachtet den Artikelschreiber mit mitleidiger Miene und sagt: »Diese Geschichte mit den zuständigen Behörden, die scheint mir allmählich zum Himmel zu stinken ... Die braven Hausfrauen und die ehrlichen Bauern ... Solche Lügen!«

»Es ist mein Chef, der auf so was Wert legt.«

Für eine Weile Schweigen auf der ganzen Linie.

Dann wiederholt Gianni »Glühwürmchen« Deoni: »Hilf mir!«

»Und mir? Wer hilft *mir*? Was weiß ich denn schon davon? Ich bin hier zu Hause ... Was weiß ich davon?«

»Ich habe dir bei der Geschichte mit dem Attentat geholfen ...«

Sarti läßt ihn nicht ausreden, sondern schreit ihn an: »Wem hast du geholfen? Du Hu…«

»Na ja, ich bin mit dir herumgefahren. Jedenfalls habe ich das getan, worum du mich gebeten hast!«

Sarti sieht ihn an, und »Glühwürmchen« ist eine Zeitlang artig und fragt dann, ängstlich und leise, damit man ihn nicht hört: »Und du, was würdest du tun?«

Sarti hört es und antwortet: »Ich weiß es nicht!« Dann rutscht er nach unten und zieht sich das Bettuch über den Kopf.

Nach einer Weile fragt er: »Bist du noch da? Hör zu, warum versuchst du nicht, mit Clara zu reden?«

»Wer ist das denn?«

Sarti streckt den Kopf heraus: »Die aus der Via Solferino 10. Sie hat einen Puff…«

»Und was soll ich ihr sagen?«

»Was du willst! Sag einfach, du möchtest eine Frau!« Dann fällt ihm ein, daß »Glühwürmchen« die Geschichte mit der Postkarte nicht kennt, und er berichtet: »Diese Clara hat eine Karte an Cintino geschrieben. Also an den ersten Toten. Sie hat aus Venedig eine Karte mit Grüßen an ›Haus, Hof und Kirche‹ geschrieben, aber nicht abgeschickt, sondern ihm persönlich überreicht. Er muß noch vor kurzem bei dieser Clara gewesen sein – nach dem Datum zu urteilen, das auf der Karte steht. Du wirst von ihr hören, ob sie ihn gekannt hat… Herrgott noch mal! Sieh doch selbst nach!«

Er streckt sich wieder unter der Decke aus und wartet, daß Gianni »Glühwürmchen« Deoni geht.

»Glühwürmchen« geht, und ich gehe mit ihm.

Gianni »Glühwürmchen« Deoni hat folgendes Problem: Was sage ich dieser Clara in der Via Solferino 10?

Er läutet und sagt: »Guten Tag. Ich möchte ein Mädchen …«

Die Frau hält ihm den Mund zu und zieht ihn ins Haus. Sie schnaubt: »He, junger Mann! Ein bißchen Diskretion, wenn ich bitten darf!« Sie schließt die Tür hinter sich und blickt ihm ins Gesicht. Clara ist ein molliges kleines Frauchen. Ihr Gesicht wirkt kerngesund wie ein Apfel. Doch sonst erinnert alles an ihr an ein weiches, frisches Butterbrot. Von Beruf vermietet sie Zimmer an die Nutten des Stadtteils. Und da es in diesem Stadtteil etliche Nutten gibt, kann »Butter« ganz gut von ihrem Gewerbe leben.

Jetzt also betrachtet sie sein Gesicht und sagt: »Du bist neu! Du bist neu, weil ich einen, den ich einmal gesehen habe, nicht mehr vergesse, ich vergesse ihn nicht mehr …«

»Ja, ich bin wirklich neu …«

»Butter« läßt ihn nicht ausreden, zieht ihn hinter sich her und schiebt ihn in den winzigen »Salon«.

Der »Salon« ist letzten Endes nichts anderes als ein fensterloses Kabuff, in dem man wohl einmal Schuhe, Besen und all die Sachen aufbewahrt hat, die man selten benutzt und von denen man nie weiß, wo man sie hintun soll.

Jetzt gibt es dort einen Vorhang, zwei Sessel und ein Tischchen – sonst nichts.

»Glühwürmchen« darf sich setzen, die anderen müssen draußen bleiben.

Clara fragt sofort: »Wie hättest du's gern? Hast du irgendwelche Vorlieben? Hast du besondere Neigungen?«

Jetzt sitzt Gianni »Glühwürmchen« Deoni in der Klemme. Er ist nicht der Typ, der zu den Nutten geht: Bestenfalls kommen sie in seinen Reportagen vor. Jetzt muß er sich entscheiden. Und er sagt: »Wissen Sie ... ich möchte mich ein wenig mit Ihnen unterhalten, bevor ...«

Clara »Butter« lacht los: »Du bist ja ein ganz Schüchterner! Mir ist alles klar! Du bist ein ganz Schüchterner! Und sag du zu mir! Clara ist nicht so etepetete. Sag du zu mir!«

Sie wiederholt ihre Sätze immer, weil sie will, daß man das, was sie zu sagen hat, auch versteht.

Gianni »Glühwürmchen« Deoni richtet sich in seinem Sessel auf, um Haltung anzunehmen. Dann verkündet er: »Ich bin Journalist ...«

»Was soll das heißen? Auch Journalisten können schüchtern sein! Du bist eben ein schüchterner Journalist. Ich habe genau das richtige für dich – ein Zuckerpüppchen. Hübsch, zärtlich und weich wie ein Katzenfell ...«

Gianni »Glühwürmchen« Deoni schafft es nicht, noch rechtzeitig etwas anzufügen, weil »Butter« schon am Telefon hängt: »*Pronto*? Bist du's, meine Liebe? Hör zu, ich hätte einen kleinen Auftrag für dich: Könntest du auf einen Sprung herkommen?«

Dann senkt sie die Stimme, und man hört nichts mehr. Gianni »Glühwürmchen« Deoni steht schon da, entschlossen, wieder zu gehen. Aber er schafft es nicht rechtzeitig.

»In drei Minuten ist sie hier! Du wirst schon sehen, du wirst zufrieden sein: In drei Minuten ist sie hier. Weich wie ein Katzenfell ...«

»Glühwürmchen« hat die Augen weit aufgerissen. Es gelingt ihm nicht, noch irgendeinen Ausweg zu finden. Jetzt werden auch seine Knie weich, und er muß sich in diesem Salon-Kabuff von einem halben Meter im Quadrat wieder setzen.

Unterdessen ist Clara »Butter« kurz verschwunden, und

als sie zurückkommt, trägt sie auf einem Tablett ein Glas mit einer hellen Flüssigkeit, die in keiner Weise dem ähnelt, was Gianni »Glühwürmchen« Deoni normalerweise trinkt.

Und auch der Geschmack erinnert ihn an nichts, was er kennt. Aber das Zeug fließt ihm dennoch die Kehle hinunter.

Jetzt läutet es: zweimal kurz und einmal lang.

Gianni »Glühwürmchen« Deoni wäre auf der Stelle ohnmächtig umgefallen, wenn er nur die Chance dazu gehabt hätte.

Statt dessen beschließt er, sich am nächsten Tag eine andere Arbeit zu suchen – vielleicht in einer Bank oder bei der Stadt.

Er überlegt schon, an wen er sich für ein Empfehlungsschreiben wenden soll.

Ein Mädelchen von vielleicht zwanzig Jahren tritt ein. Weich und zart wie das Fell einer Katze. Ihre kleinen Augen lachen, und ihr ganzes Gesicht, blond wie ihr Haar, duftet nach Sauberkeit.

Sie nimmt ihn bei der Hand, immer noch mit ihrem feinen Lächeln, und führt ihn in das Zimmer.

Sie zieht ihn aus, während er noch dasteht. Ohne ein Wort zu sagen. Dann schubst sie ihn, nackt wie er ist, auf das Bett.

Und nun zieht auch sie sich aus. Zart, weich wie das Fell einer Katze, legt sie sich daneben und schmiegt sich an ihn.

Es dauert nicht lange, bis Gianni »Glühwürmchen« Deoni sich vergißt: Er spürt, wie der Atem des jungen Mädchens an seinem Hals immer schneller wird.

Jemand schließt die Fenster. Oder es sind Gianni »Glühwürmchen« Deonis Augen, die sich schließen …

Als er sie wieder aufschlägt, ist die Biondina schon hinausgegangen, leise, ohne ein Wort zu sagen. Jetzt kleidet sich auch »Glühwürmchen« wieder an. Er ist schlaff wie ein leerer Sack. Im Salon-Kabuff hat Clara ein weiteres Glas bereit, das Gianni in einem Zug austrinkt.

»Zufrieden? Was habe ich dir gesagt? Zufrieden?«

»Haben Sie Giacinto Gessi gekannt?«

Clara ist etwas pikiert. Es ist ihr noch nie passiert, daß einer, der gerade mit einem ihrer Mädchen geschlafen hat, von einem Toten redet. Doch sie sagt: »Der Ärmste! Natürlich habe ich ihn gekannt! Der Ärmste! Er ist ein paarmal im Monat hergekommen… Der Ärmste! Du mußt du zu mir sagen!«

Gianni »Glühwürmchen« Deoni versucht es: »Hat er dir je gesagt, daß er Probleme hatte… Hat er Ihnen je von jemandem erzählt, der…«

»Wer hätte ihm was Böses antun wollen? Nie! Ein wirklich lieber Junge. Nie!«

Sie spricht nicht weiter über diese Geschichte. Es gibt noch etwas anderes, was sie interessiert, und sie sagt: »Komm bald wieder, mein Lieber. Das macht zwanzigtausend.«

Gianni »Glühwürmchen« Deoni ist noch immer in der Klemme und fragt: »Geht auch ein Scheck? Ich habe nicht geglaubt…«

Auch daß einer mit Scheck bezahlt, ist ihr noch nicht untergekommen. Clara lacht: »In Ordnung! Komm bald wieder, mein Lieber. Ich zähle auf dich.«

Sie schließt die Tür hinter ihm. Und jetzt?

Er klingelt noch mal.

»Ja, mein Lieber?«

»Kennst du Mandini Gaetano, zwanzig Jahre alt?«

Clara denkt ein bißchen nach und schüttelt den Kopf: »Nein! Ich glaube, wirklich nicht. Nein!«

»Vielleicht ist er mit Giacinto Gessi hergekommen…«

»Ein Zwanzigjähriger? Der ist nie hiergewesen. Ich würde mich an ihn erinnern. Wenn ich einmal den Namen von einem gehört oder gesehen habe, dann behalte ich ihn. Wie in deinem Fall. Ich werde dich nicht vergessen. Da kannst du sicher sein. Da kannst du sicher sein.«

Sie schließt wieder die Tür.

Jetzt werde ich zu Kommissar Sarti gehen und ihm alles erzählen müssen. Wer weiß, ob er nicht eine bessere Idee hat als die, »Glühwürmchen« in ein Bordell zu schicken…

Ein Kommissar im Krankenstand – und ein Journalist in der Krise

Aber »Glühwürmchen« geht nicht zu ihm. Er geht nicht zu ihm, weil er, sobald er dieses Haus Nummer 10 in der Via Solferino verläßt, in die tiefste Krise seiner ganzen Laufbahn stürzt. Das ist allen so gegangen. Auch euch, als ihr zum ersten Mal bei einer Nutte wart, darauf wette ich ein Monatsgehalt! Und wenn ihr behauptet, euch sei das nicht passiert, dann seid ihr Heuchler.

Aber es vergeht.

Bei »Glühwürmchen« vergeht es nach drei Tagen: nach drei höllischen Tagen, an denen er ernsthaft an Selbstmord gedacht hat.

Dann ist es Kommissar Sarti, der ihn in der Redaktion anruft und fragt: »Lebst du noch?«

Gianni »Glühwürmchen« Deoni nickt, aber Sarti kann das nicht sehen und erkundigt sich: »Wo bist du?«

»Hier!«

»Und? Was gibt's Neues? Hat dir Clara etwas erzählt?«

»Du hast mir gesagt, daß dich das nicht interessieren würde …«

»Und es interessiert mich auch nicht! Nur daß du dich nicht mehr hast blicken lassen …«

»Ich komme heute abend bei dir vorbei, einverstanden?«

Sarti Antonio brummelt ein »Einverstanden« und geht hinunter zu seinem Fiat 850.

Er hat die Nase voll davon, zu Hause herumzusitzen und den Kranken »w.o.K.« zu spielen. Er hat Lust, etwas Luft zu schnappen, und da auf seinem Attest steht »kann ausgehen«, sieht er nicht ein, warum er nicht ausgehen sollte.

Die Bergluft tut ihm gut, und er findet sich (zufällig?) in Pieve del Pino vor dem Pfarrhaus wieder. Der Priester hat es sich auf einer Bank bequem gemacht, im Schatten einer schönen Reihe von Pinien, die wohl schon seit ein paar Jahrhunderten hier stehen.

»Ein Hundeleben, nicht wahr, Hochwürden?« Leise, so leise, daß der Pfarrer es nicht hört.

»Guten Tag, mein Junge. Allein? Ihr junger Kollege ist nicht mitgekommen?«

»O nein! Der hat heute andere Fälle zu bearbeiten.«

Dann ändert sein Gegenüber den Gesichtsausdruck: »Es ist ein Fluch! Haben Sie das mit Gaetano gehört? Wieder so ein guter Junge, der Ärmste!«

»Haben Sie ihn gekannt?«

»In einem kleinen Dorf wie diesem kennt jeder jeden. Ein wirklich braver Junge, der Gaetano.«

Sarti würde gern sagen: »Lauter wirklich brave Jungen in diesem Dorf – auch der, der herumgeht und seinen Nächsten den Schädel einschlägt...« Aber er beschränkt sich darauf zu fragen: »Haben Sie ihn gesehen?«

Der Pfarrer nickt. »Es war meine Pflicht, ihn zu identifizieren. Wie im Fall des armen Cintino. Ja, mein Lieber, auf dem Land ruft man entweder den Priester, oder man ruft den Arzt. Und wenn man den Priester holt, gibt es keine Hoffnung mehr.«

Das mit dem Arzt bringt Sarti auf eine Idee, die er jedoch zunächst einmal zurückstellt.

Der Pfarrer fährt fort: »Wie ich auch schon Ihrem jungen Freund gesagt habe, ist der Beruf des Dorfpfarrers ein schlimmer Beruf!«

Sarti kann sich nicht erinnern, so etwas je aus seinem Munde gehört zu haben. Deshalb fragt er: »Ist mein junger Freund hiergewesen? Wann?«

»Hat er Ihnen das nicht erzählt? Einen Tag, nachdem man die Leiche des armen Gaetano gefunden hat. Ich habe ihn zu der Stelle geführt ...«

Nein, denkt Sarti Antonio, er hat es mir nicht gesagt, dieser Verbrecher! Und ich möchte wirklich wissen, was er sucht und was ihn interessiert ... Aber er antwortet: »Doch, doch, er hat es mir gesagt ... Hören Sie, Hochwürden, waren die beiden nicht miteinander befreundet? Ich meine, Giacinto Gessi und Gaetano Mandini? Die haben sich doch gekannt!«

»Wie ich schon diesem braven jungen Mann gesagt habe ... Wie war doch gleich sein Name?«

»Rosas, er heißt Rosas, dieser brave junge Mann ...«

»Richtig, Rosas! Wie ich Rosas gesagt habe – ein sehr aufgeweckter und intelligenter Bursche, auch wenn man das, wenn man ihm ins Gesicht schaut, nicht glauben würde –, also, wie ich ihm bereits gesagt habe, waren die beiden dicke Freunde und haben oft zusammengesteckt ...«

Kommissar Sarti ist sich bereits darüber im klaren, daß, wenn es etwas zu entdecken gab, Rosas es schon entdeckt hat und daß es deshalb viel besser wäre, direkt zu ihm zu gehen und ein paar Takte mit ihm zu reden ...

Deshalb macht er es kurz. »Guten Abend, Hochwürden.«

Er läutet an der Tür des Arztes. Der öffnet persönlich und fragt: »Sie wünschen?«

Der Arzt ist wohl zwischen vierzig und fünfzig, man erkennt es nicht genau, denn er hat einen grauen Bart, den er sich, meiner Meinung nach, erst vor kurzem hat wachsen lassen. Er trägt eine Brille mit Goldrand so auf der Nase, daß er, um seinem Gegenüber ins Gesicht zu blicken, über die Gläser schaut.

Er ist über einen Meter achtzig groß, hat aber feine, zarte Hände, Arzthände – auch weil er tatsächlich Arzt ist.

Sarti sagt: »Mein Name ist Sarti Antonio.« Und hier stockt er, weil es ihm zuwider ist, durch die Gegend zu laufen und allen zu erzählen, daß er von der Polizei, daß er Polizeikommissar ist; dann wird er vielleicht auch gezwungen, seinen Dienstausweis zu zeigen …

Aber der andere sagt schon: »Kommen Sie herein!« Und er bittet ihn in seine Praxis. »Und? Stimmt etwas nicht?«

»Ich möchte Ihnen einige Fragen über Mandini Gaetano und Gessi Giacinto stellen …«

Der Arzt lächelt: »Sind Sie von der Polizei?«

Sarti hat keine andere Wahl und nickt, während er fortfährt: »Waren die beiden Ihre Patienten?«

»Ja. Sie waren meine Patienten, wenn sie krank waren. Das heißt also: selten. Was wollen Sie wissen?«

»In welcher Verfassung waren sie? Ich meine, waren sie gesund …?«

»Ich würde sagen, ja.«

»Ich will sagen: geistig …?«

»Gaetano Mandini hat niemals Anzeichen eines Ungleichgewichts aufgewiesen, und der andere ebensowenig, auch wenn er ein bißchen unter Komplexen gelitten hat.«

»Komplexe inwiefern? Der Pfarrer hat mir gesagt ...«

Der Doktor steht auf und sagt leicht genervt: »Wenn Sie mit dem Pfarrer gesprochen haben, werden Sie bereits Ihre Vorstellungen haben. Es ist daher unnötig, daß wir beide unsere Zeit verschwenden.«

Und er öffnet ihm die Tür. Kommissar Sarti bleibt wie versteinert sitzen.

Deshalb fährt der andere fort: »Sehen Sie, mein lieber Herr, ich bin Arzt, und er ist Priester. Ich betrachte die Dinge von einem wissenschaftlichen Standpunkt aus, während der Priester sie von einem religiösen Standpunkt aus sieht. Wenn der Pfarrer Ihnen den Kopf mit seinen Sakramenten vollgestopft hat, ist es überflüssig, Ihnen zu sagen, daß der Komplex, an dem Gessi litt, auf sexuelle Motive zurückzuführen war. Meiner Ansicht nach hat er nicht mit Frauen verkehrt! Vielleicht gehört er für den Pfarrer zu der Art von Männern, die aus religiösen Gründen abstinent bleiben. Aber ein Mann von sechsundzwanzig Jahren muß einfach ficken! Habe ich mich deutlich genug ausgedrückt? Für den Priester hat es sich um kleine Opfer gehandelt! Und die Tatsache, daß er so ein Ende nehmen mußte, hat mich überhaupt nicht erstaunt. Was mich dagegen gewundert hat, ist das Ende von Mandini Gaetano. Der hatte es schon mit zwanzig allen jungen Frauen im Dorf besorgt ... Das einzige, was der gebraucht hat, war ein gutes Stärkungsmittel ...«

Kommissar Sarti beginnt nach der Tirade des Arztes wieder zu überlegen und fragt: »Und waren die beiden zusammen?«

»Manchmal berühren sich eben die Extreme! Ich würde mich nicht wundern, wenn Giacinto Gessi sich von seinem aufgeweckteren Freund die Abenteuer hätte erzählen lassen, die er selbst nicht erleben konnte …«

Kommissar Sarti sprüht nur so und ist wirklich in Form: »Und es ist nicht möglich, daß irgendein Ehemann oder Verlobter beschlossen hat, sich für die Hörner zu rächen …?«

»Das sind Dinge, die *Sie* herausfinden müssen, mein lieber Herr. Aber in diesem Fall verstehe ich nicht, warum auch Giacinto Gessi aus dem Weg geräumt worden ist.«

»Ganz einfach: Weil auch Giacinto Gessi gewußt hat, daß die und die sich hat vögeln lassen, denn sein Freund hatte es ihm ja erzählt. Und vielleicht ist der mit den Komplexen dabei gewesen, um zuzuschauen, während der andere es trieb … Es geht nur darum, herauszufinden, mit wem.«

»Meine Glückwünsche, mein lieber Herr.«

Kommissar Sarti steht auf und ist schon im Begriff zu gehen. Da kommt ein Superweib in die Praxis gerauscht: unglaublich groß, und ein Busen, der die Bluse sprengt. Ohne Büstenhalter, darauf kann man wetten. Sie ist vielleicht zwanzig.

Der Doktor sagt: »Meine Frau. Der Herr ist von der Polizei.«

Das Superweib lächelt ihn an, und Sarti spürt, wie ihm ein Schauder über den Rücken läuft. Aber es gelingt ihm dennoch, ihr die Hand zu drücken. Sie ist vielleicht zwanzig! Ein Superweib, das sich dieser Mandini Gaetano, dieser Dorfgockel, sicher nicht hat entgehen lassen, wenn zutrifft, was der Doktor ihm soeben erzählt hat.

Der sagt: »Meine besten Wünsche für Ihre Ermittlungen! Sie werden mindestens einen Monat bleiben müssen, wenn Sie mit sämtlichen betroffenen Ehemännern beziehungsweise Verlobten reden wollen. Sie werden dann nur die Qual der Wahl haben!«

Vielleicht beginne ich bei dir! denkt der Kommissar, sagt es allerdings nicht.

Auch weil der andere fortfährt: »Aber da Sie sich ja zu zweit um den Fall kümmern, werden Sie ziemlich zügig vorankommen.«

Er macht ihm die Tür vor der Nase zu, und Sarti hört, wie drinnen der Arzt leise mit seiner Frau spricht. Er versteht nicht, was er zu ihr sagt, aber er hört sie lachen.

Er geht los und flucht: »Verflixt und zugenäht! Auch hier ist dieser Hurensohn von Rosas schon gewesen. Den mache ich aber zur Schnecke!«

Er springt in den Fiat 850 und stürzt sich auf die Via Caterina wie ein Falke auf seine Beute. Er betritt Rosas' Bude, ohne auch nur anzuklopfen, und brüllt: »Du Hurensohn! Ich könnte dich festnehmen lassen, weißt du das?«

Und er blickt ihm direkt ins Gesicht. Es ist genau so, wie der Schrank von einem Priester gesagt hat: Rosas mag aufgeweckt, intelligent und alles sein, was man will, aber wenn man ihm ins Gesicht sieht, kann man das wirklich nicht glauben. Deshalb schlafft Kommissar Sarti auch gleich wieder ab.

Rosas sagt – seelenruhig: »Ich bin nicht dort gewesen.«

»Wo bist du nicht gewesen? Aber wenn es mir doch der Pfarrer gesagt hat, der Arzt…«

»Ich bin nicht in der Via Quattro Novembre gewesen, als es zum Zusammenstoß mit der Polizei gekommen ist! Ich habe Zeugen dafür, daß ich nicht dort gewesen bin!«

»Die Via Quattro Novembre ist mir schnurzegal. Natürlich bist du nicht dort gewesen. Aber ich weiß, wo du sonst gewesen bist!«

»Auch da, wo du Bescheid weißt, bin ich nicht gewesen! Ich habe mich nicht von hier fortbewegt: Ich habe Zeugen.«

»Meine beiden Zeugen! Beim Pfarrer bist du gewesen! Und beim Arzt von Pieve del Pino!«

Rosas grinst ihn an, und sein Grinsen zieht sich von einem Ohr zum anderen: »Ja! Ja! Mich hat eine mystische Krise gepackt. So was passiert auch den Stärksten.«

»Nun hör schon auf! Und sag mir, was zum Teufel du suchst. Darf man das erfahren?«

Rosas nimmt seine Brille ab, um sie zu putzen, weil Kommissar Sarti ihm beim Reden auf die Gläser gespuckt hat. Jetzt muß Rosas, um etwas zu sehen, die Augen so zusammenkneifen, daß sie zu zwei Schlitzen werden.

Er sagt: »Ich muß lernen. Ich habe übermorgen zwei Prüfungen. Kommissar, ich muß lernen.«

Kommissar Sarti setzt sich. »Ich gehe erst von hier weg, wenn du mir alles gesagt hast.« Er macht es sich auf dem Stuhl bequem und wartet.

»Möchtest du einen Kaffee, Kommissar?«

»Ja, aber den mache ich lieber selbst. Wo ist er?«

Rosas zeigt ihm, wo die Zutaten sind, und Sarti Antonio bereitet sorgfältig und liebevoll einen guten Espresso zu.

Unterdessen redet Rosas auf ihn ein: »Wenn du weißt, daß ich zum Pfarrer und zum Doktor gegangen bin, dann weißt du ja auch, was sie zu mir gesagt haben und was ich machen wollte.«

»Aber ich will wissen, warum du das machst und warum

du dich in eine Geschichte einmischst, die dich nichts angeht!«

»Ich will sehen, ob es mir gelingt, Antilio Golfarini herauszuholen, den du meinetwegen festgenommen hast und der mit den Mordfällen absolut nichts zu tun hat.«

»Aber er ist trotzdem ein Hurensohn! ›Rote Socken‹ hat mich für dumm verkaufen wollen und ist im Knast gut aufgehoben! Warum ist er ausgerechnet in dem Moment zum Denkmal gegangen, als ich Wache geschoben habe? Er ist da drin gut aufgehoben. Und sonst?«

»Und sonst nichts weiter.«

Sie trinken schweigend ihren Espresso.

»Du hättest öfter kommen sollen, um Kaffee zu machen, Kommissar. Das ist der beste, den ich seit zwei Jahren getrunken habe.«

»Ich weiß!« Sarti leert seine Tasse, ohne ein weiteres Wort zu sagen, weil man den Espresso – wie allgemein bekannt – schweigend genießt. Danach fängt er wieder an: »Und?«

»Was meinst *du* denn?«

Kommissar Sarti weiß, daß er hier nichts ausrichten wird, auch wenn er einen Monat lang insistieren würde. Nach einer Weile beschließt er, selbst anzufangen: »Für mich ist das so gewesen: Mandini Gaetano, zwanzig Jahre alt, der Gockel des Dorfes, hat sich eine zuviel ins Bett geholt, und so hat ihn der eine Ehemann oder Verlobte, der heißblütiger war als die anderen, aus dem Weg geräumt. Und er hat auch Giacinto Gessi, ›Haus, Hof und Kirche‹, aus dem Weg geräumt, weil der über die ganze Geschichte Bescheid wußte. Vielleicht ist ›diese eine zuviel‹ ausgerechnet das Superweib des Doktors… Hast du sie gesehen?«

Rosas nickt, und Sarti fährt fort: »... die sich mit ihren ungefähr zwanzig Jahren und diesem Graukopf von einem Ehemann im Bett von einem anderen hat vögeln lassen müssen, um ruhiger schlafen zu können. Mit dieser Boxerfigur, die der Arzt hat, braucht er sich nicht allzusehr anzustrengen, um einem anderen den Schädel einzuschlagen.«

Er wartet auf Rosas' Reaktion: »Und die Notiz, die man beim ›Dorfgockel‹ gefunden hat – unterschrieben von Giacinto Gessi, zu einem Zeitpunkt, da Giacinto Gessi bereits tot war?«

»Alles ausgeklügelt! Giacinto Gessi hat seinem Freund ein Briefchen geschrieben, um ein Treffen mit ihm zu vereinbaren und um sich, vielleicht, eine weitere Sex-Geschichte erzählen ...«

Rosas läßt ihn nicht ausreden: »Und, hat er ihn gesiezt? Giacinto Gessi, ›Haus, Hof und Kirche‹, schreibt seinem Freund aus Kindheitstagen: ›Wegen der Sache, über die Sie Bescheid wissen, kommen Sie ...‹ und so weiter, und so fort?«

»Auch das ist ausgeklügelt! ›Haus, Hof und Kirche‹ war komplexbeladen, und von einem mit Komplexen kann man alles erwarten!«

Sarti Antonio ist zufrieden: Die Tage im Krankenstand haben ihm gutgetan. Sein Gehirn funktioniert wie ein Elektronenrechner.

Rosas sagt: »Du bist aber schnell! Nur daß Giacinto Gessi, als ihm eingefallen ist, diese Notiz zu schreiben, schon tot war!«

Kommissar Sarti lacht ihm ins Gesicht: »Wer sagt das? Wer hat das gesagt? Er kann sie sehr wohl geschrieben haben, bevor er sich hat erschlagen lassen, und sein Freund hat sie die ganze Zeit über in seiner Tasche spazieren getragen. Möglicherweise hat er sogar vergessen, daß er sie noch hatte.«

Rosas sagt nichts mehr, und Sarti Antonio macht es sich, glücklich, wie er ist, auf dem Stuhl noch etwas bequemer.

Wenn er mit dem Hauptkommissar darüber sprechen wird, will er die Szene gründlich genießen. Er wird Gianni »Glühwürmchen« Deoni mitnehmen müssen. Bei bestimmten Gelegenheiten braucht man einen Augenzeugen.

»Was sagst du dazu?«

Rosas schüttelt den Kopf; es scheint, als hätte er tatsächlich nichts mehr zu sagen: »Ich wüßte gern, was die bei der Gerichtsmedizin herausgefunden haben... Ich möchte sicher sein, daß es sich bei der ersten Leiche wirklich um Giacinto Gessi handelt...«

»Das kann man leicht feststellen! Aber ich bin mir bereits sicher!«

»Es kann sein, daß sie bei diesem Mann mit den Komplexen irgend etwas anderes entdeckt haben...«

»Zum Beispiel?«

»Zum Beispiel: Was hat er kurz vor seinem Tod gegessen? Was hat er getrunken? Wie ist er getroffen worden? Von vorn oder von hinten? Es kann herauskommen, wo er gewesen ist, bevor man ihn erschlagen hat...«

Kommissar Sarti hat große Lust loszulachen: »Das sind Geschichten wie aus einem Krimi! Aber wir werden es erfahren, wir werden es schon erfahren!«

Es vergeht wieder eine Weile, ohne daß Rosas etwas hinzufügt. Es scheint, als hätte er sich wieder seinem Lernstoff zugewandt. Dann, als Sarti Antonio aufsteht und sich zum Gehen wendet, sagt er: »Bei wem wirst du anfangen?«

Sarti zuckt die Achseln: »Das weiß ich noch nicht. Vielleicht sogar beim Doktor. Es wird im Dorf schon jemanden geben, der mehr über die Hörner der Mitbewohner weiß. Es bleibt nur die Qual der Wahl.«

»Fang beim Pfarrer an ...«

»Auch der gehörnt?«

»Ich meine, daß die Frauen bei ihm beichten!« Und Rosas steckt den Kopf wieder in seine Bücher.

Sarti geht nach Hause: Jetzt muß Gianni »Glühwürmchen« Deoni kommen und ihm die Geschichte mit Clara erzählen.

Aus der Geschichte mit dem »Dorfgockel« wird eine ziemlich ernste Sache

Wenn ich es nicht mit eigenen Ohren gehört hätte, würde ich es nicht glauben.

Kommissar Sarti hat sich für zwei Stunden ins Badezimmer zurückgezogen, um nachzudenken.

Also, der Bericht für Hauptkommissar Raimondi könnte folgendermaßen beginnen:

»Die über den Tod des jungen Mandini Gaetano, zwanzig Jahre alt, im Dorf Pieve del Pino angestellten Ermittlungen haben die folgenden Resultate erbracht: Insgesamt achtzehn Männer, darunter Ehemänner, Verlobte und Liebhaber, hätten ein Motiv für einen Mord an obengenanntem Mandini Gaetano gehabt...«

An dieser Stelle müßten sich die Augen von Hauptkommissar Raimondi von seinem Blatt lösen, um dem Berichterstatter ins Gesicht zu starren.

In seinem Badezimmer fragt sich Kommissar Sarti, wer ihm diesen Bericht vorlegen wird.

Er hat ein ärztliches Attest, das ihm erlaubt, weitere fünf Tage w.o.K. zu Hause zu bleiben, statt dessen schickt er sich an, sich in eine Geschichte zu stürzen, die Casanova vor Neid hätte erblassen lassen.

Je mehr er darüber nachdenkt, um so mehr Zweifel kommen ihm: ein Bursche von zwanzig Jahren, der mit einem ganzen Dorf geschlafen hat…

Ein Kerl von zwanzig Jahren!

Man wird dem Gerichtsmediziner sagen müssen, dem »Dingsda« des Gockels besonderes Augenmerk zuzuwenden, daß sich die Mühe lohnt…

Jedenfalls stellen sich die Dinge für den, der sie noch nicht kennt, folgendermaßen dar: Vier Bauern haben Mandini Gaetano, zwanzig Jahre alt, beim Liebesspiel mit den jeweiligen Ehefrauen im Heuhaufen überrascht. Ihren jeweils eigenen Ehefrauen natürlich. Und dies, während sie (das heißt: die Ehemänner) auf dem Feld malochten oder zum Gemüsemarkt gingen, um ihren Radicchio zu verkaufen.

Drei Arbeiter von denen, die am Morgen gegen vier Uhr aufstehen, um wer weiß wo arbeiten zu gehen, wurden von Mandini Gaetano, zwanzig Jahre alt, im warmen Ehebett abgelöst, sobald sie in den Zug stiegen, um auf ehrliche Weise das Geld zu verdienen, von dem sie ihre Frau zu Hause unterhielten.

Fünf Angestellte der Firma für die industrielle Ernte der Nüsse, die zur Herstellung von Nußschokolade verwendet werden, gaben, bevor sie weggingen, ihren Frauen auf der Schwelle der Haustür einen Abschiedskuß, und hinter der Tür stand schon Mandini Gaetano, zwanzig Jahre alt, mit seinen Nüßchen in der Hand bereit.

Zwei Verlobte, denen es noch nicht gelungen war, den Saum des Schlüpfers ihrer Bräute zu berühren, hatten mit Bedauern festgestellt, daß, nachdem sie weggegangen waren, der Mandini, zwanzig Jahre alt, daherkam und ihm gestattet wurde, die soeben erwähnten Schlüpfer gänzlich zu entfernen.

Außerdem der Mechaniker für die landwirtschaftlichen Traktoren: Während er unter ebendiesen Traktoren lag, um die angezeigten Reparaturen vorzunehmen, lag seine Frau unter Mandini Gaetano, zwanzig Jahre alt, bereit für die angezeigten Manipulationen. Die Frau hatte sich damit gerechtfertigt, daß sie den Geruch nach Motoröl, den ihr Mann verströmte, nicht ertrug...

Weiblicher Undank! Die Betrügerin konnte nicht ignorieren, daß es ihr nur wegen dieses Motorölgeruchs ermöglicht wurde, zu Hause zu bleiben für vergnügliche Umarmungen mit dem »Gockel«.

Jetzt sind wir bei fünfzehn.

Der sechzehnte ist der Arzt (wie zu beweisen war); der siebzehnte der Apotheker und der achtzehnte der Maresciallo der Carabinieri (welche Ironie des Schicksals!).

Diese drei Herren verbrachten vielleicht die Abende am Kartentisch und ihre Frauen hinter, vor, unter oder über Mandini Gaetano, zwanzig Jahre alt.

Wie zum Teufel er dazu die Zeit, die Energie und alles übrige aufbrachte, ist mir noch schleierhaft!

Kommissar Sarti beginnt zu glauben, daß ein Leben nötig wäre, um mit dieser Geschichte fertig zu werden, oder ein ganzes Heer von Polizisten.

Deshalb betätigt er die Wasserspülung und beschließt, sich die Hände zu waschen, die Sache dem Zuständigen zu überlassen und wieder in den Krankenstand w.o.K. zurückzukehren!

Und jeder soll sich gefälligst um seine eigenen Hörner kümmern! Um so mehr, als es auch Hilfskommissar Cantoni gibt, der ab und zu besucht werden muß, im Ospedale Maggiore, dritter Stock, Zimmer 104.

Aber es ist klar, sonnenklar, daß der Weg, der aus dieser Jauchegrube von einem Fall hinausführt, wirklich einzig und allein dieser eine Weg ist.

Kommissar Sarti weiß nicht, in welche Richtung sich Hauptkommissar Raimondi bewegt (er weiß es nicht, weil er nun schon seit längerem nicht mehr das Vergnügen hatte), aber wenn er sich in diese Richtung bewegt, wird er sich die Zähne ausbeißen. Oder, besser gesagt: seine Hörner zählen müssen.

»Er« oder derjenige, der für »ihn« arbeitet – denn »er« findet, wenn ringsum Dunkel herrscht, immer eine Möglichkeit, die Schwierigkeiten, in diesem Fall die Hörner, auf einen anderen abzuwälzen, um dann, nach getaner Arbeit, herumzugehen und von ausgeführten Befehlen, erteilten Weisungen und ähnlichen Märchen zu faseln.

Kommissar Sarti ist wirklich neugierig zu erfahren, wen es diesmal getroffen hat.

Er findet es sofort heraus, denn er erhält einen Anruf:

»*Pronto*? Hier spricht die Personalabteilung. Eine vom Amtsarzt durchgeführte Inspektion hat erbracht, daß Sie während Ihrer Krankschreibung Ihre Wohnung verlassen haben. Die Behörde glaubt deshalb, daß Sie in der Lage sind, ab morgen Ihren Dienst wieder aufzunehmen. Widrigenfalls werden gegen Sie die Sanktionen und Disziplinarmaßnahmen eingeleitet, die die geltenden Vorschriften hierfür vorsehen.«

Da kann er noch so oft beteuern, daß »kann ausgehen« auf seinem ärztlichen Attest steht … Die Personalabteilung ist nicht derselben Auffassung, ebensowenig der Amtsarzt.

Dann erhält er einen weiteren Anruf – vom »ihm«. »Er« sagt: »Die Personalabteilung hat mir mitgeteilt, daß du soweit bist! Morgen früh wirst du, gewissermaßen, nach Pieve del Pino fahren ...«

»Ich kann nicht: Felice Cantoni ist noch im Krankenhaus ...«

»Ich teile dir jemand anderen zu.«

»Ich will keinen! Ich fahre mit meinem Auto! In Ordnung?«

Auch wenn Sarti Antonio geschrien hat, zuckt »er« nicht mit der Wimper und setzt seine Rede fort, als wäre er nicht unterbrochen worden:

»... und vergiß nicht, bei Waffen und Geräte vorbeizugehen und den Schlagstock und den Helm abzuholen, wenn ich bitten darf! Den Abholschein habe ich bereits unterschrieben ...«

Dinge, die man über die erste Leiche erfährt und die zuvor nicht bekannt waren

Doch Kommissar Sarti fährt nicht nach Pieve del Pino, weil er gar nicht weiß, was er dort machen soll.

Fürs erste geht er zur Gerichtsmedizin.

Als er dort wieder herauskommt, starrt er mit aufgerissenen Augen ins Leere, und auch sein Kopf ist leer. Ihm fällt nichts Besseres ein, als in den Fiat 850 zu steigen und auf dem schnellsten Weg zu Rosas zu fahren.

Sarti Antonio weiß auch nicht, warum er ausgerechnet zu ihm möchte. Vielleicht, weil Rosas es war, der ihm nahegelegt hat, sich für die Gerichtsmedizin zu interessieren.

Die Tür steht auf, wie immer, und wie immer ist es drinnen miefig.

Alles in Ordnung, alles sauber, aber es ist miefig.

Rosas lebt wie ein Maulwurf, aber jetzt ist er nicht zu Hause, denn sein Stuhl ist leer. Zu Hause ist allerdings ein halbnacktes Mädchen, das auf der Couch liegt und liest. Sie ist wohl noch keine zwanzig, schlank wie eine Gerte, schön und spärlichst bekleidet … Sie sieht ihn eintreten und würdigt ihn keines Wortes.

Kommissar Sarti ist das egal, und er setzt sich. Er betrachtet sie ein Weilchen und versucht dann, an seine eigenen Angelegenheiten zu denken. Das Gleiche macht das Mädchen.

Aber Sarti will es nicht richtig gelingen: das einzige, was ihm gelingt, ist, diese schöne Gerte anzuschauen, die kaum zwanzig Jahre alt sein kann und vielleicht mit Rosas ins Bett geht.

Sarti steht auf: »Ich hätte Lust auf einen Kaffee.«

Aber sie sagt nichts und liest weiter.

Sarti baut sich vor ihr auf. Er fragt: »Bist du echt?« Sie nickt. »Ich hätte Lust auf einen Kaffee.«

Jetzt antwortet sie: »Ich auch. Aber in diesem Haus gibt es ja nie etwas …«

Kommissar Sarti stöbert herum. Er findet, was er braucht, und bereitet einen Espresso zu, dessen Duft bis unter die Arkaden von Santa Caterina zieht.

Er trinkt eine volle Tasse aus und sagt: »Gut.«

Da steht auch das Mädchen auf und gießt sich etwas in eine Tasse.

»Wenn du erwartet hast, daß ich sie dir bringe, hättest du lange warten müssen …«

»Ich kann mir selber einschenken.« Und sie liest weiter, auf der Couch. Dann sagt sie: »Nicht übel.«

Sarti schweigt, aber er denkt: »Das ist der beste Espresso von Bologna und Umgebung, du dumme Kuh!«

Doch er begnügt sich damit, ihr mit seinen Blicken den Rücken zu streicheln.

Als Rosas kommt, ist es bereits dunkel. Das Mädchen hat sich nicht mehr von der Couch wegbewegt und den Mund nicht mehr aufgemacht.

Kommissar Sarti fällt über Rosas her: »Den ganzen Tag

habe ich auf dich gewartet! Wo bist du gewesen, Herrgott noch mal?«

Rosas gibt ihm nicht einmal eine Antwort. Er hat ein Brötchen in der Hand und legt es auf den Tisch. Er geht, um sich einen Espresso zu machen. Sarti nimmt ihm den Espressokocher aus der Hand und bereitet ihn selbst zu.

Dann setzt er sich Rosas gegenüber und legt los: »Erstens: Der Tote ist wirklich Giacinto Gessi, sechsundzwanzig Jahre alt, Bauer aus Pieve del Pino.

Zweitens: Er war homosexuell.

Drittens: In seinem Magen wurden große Mengen von Schwefelsäuresalzen gefunden.

Viertens: Man hat ihm so lange ins Gesicht und auf die Stirn geschlagen, bis er tot war.

Fünftens: Ich kapiere überhaupt nichts mehr!«

Die Gerte, keine zwanzig Jahre alt, läßt noch einmal ihre Stimme vernehmen: »Normal.«

»Wer ist diese dumme Gans?«

»Sie hat nicht behauptet, daß es normal ist, wenn du nichts kapierst: Sie hat nur gemeint, es sei normal, daß jemand, der schwefelhaltiges Wasser in hoher Konzentration getrunken hat, im Magen Schwefelsäuresalze hat.«

»Ach ja?«

Rosas nickt und ißt sein Brötchen.

Kommissar Sarti stellt eine großzügig eingeschenkte Tasse Espresso vor ihn hin. Er wiederholt: »Ach, ja? Und warum hätte er, bevor er sich hat umbringen lassen, hochkonzentriertes Schwefelwasser trinken sollen … und all dieses Zeug?«

»Offensichtlich weil er sich, bevor er sich hat erschlagen

lassen, in der Nähe einer Quelle mit schwefelhaltigem Wasser befunden und etwas davon getrunken hat.«

Sarti fährt fort, sich zu wiederholen: »Ach ja?«

Rosas beendet sein Abendessen und trinkt den Kaffee aus. Dann sagt er: »Ja! Der Schlamm an den Schuhen, die Gessi getragen hat, als man ihn umbrachte, und auf den ich dein Augenmerk zu lenken versucht habe, ist typisch für Schwefelwasserquellen. Das ist kein normaler Schlamm, kein heller Schlamm; es ist ein dunkler, fast schwarzer Schlamm...«

»Ach ja?«

»Ja! Die Schuhe müssen noch in seinem Zimmer sein. In Pieve del Pino. Wenn du nachsehen möchtest...«

Kommissar Sarti versucht es auf eine andere Tour: »Nein, nein! Ich glaube dir. Wenn du das sagst, dann glaube ich dir! Nur daß ich nicht verstehe, was ein Kerl um zwei Uhr in der Nacht bei einer Quelle mit schwefelhaltigem Wasser macht...«

Die Gerte läßt noch einmal ihr Engelsstimmchen vernehmen: »Vielleicht hat der Arzt es ihm verordnet: Schwefelhaltiges Wasser heilt Leberkrankheiten und ist gut gegen eine Menge Leiden...«

Sarti tut, als hätte er sie nicht gehört, und sagt: »Ein Homosexueller geht um zwei Uhr in der Nacht Schwefelwasser trinken und läßt sich dann den Schädel einschlagen... Ich werde noch...«

Er möchte »wahnsinnig« sagen, aber er weiß, daß die halbnackte Gerte ihm das nicht durchgehen lassen würde, deshalb nimmt er davon Abstand.

Rosas ergänzt Sartis Einlassung um ein noch seltsameres Detail: »Ein Homosexueller, der im Puff von Clara verkehrte!«

»Richtig! Sehr gut. Ich werde Hauptkommissar Raimondi sagen: ›Bei der ersten Leiche handelte es sich um einen Homosexuellen, der zu den Nutten gegangen ist; bei der zweiten um einen Zuchtstier.‹ Weißt du, daß er es in Pieve del Pino mit achtzehn Frauen getrieben hat?«

Und tatsächlich läßt die Gerte ihm das nicht durchgehen: »Schade, daß er tot ist, Kommissar. Nicht wahr?«

Sarti Antonio geht zu ihr und fragt: »Du liest also gar nicht?«

»Doch! Aber in der Regel lese ich mit den Augen, nicht mit den Ohren …«

»Dann lies auch mit den Ohren!« befiehlt ihr der Kommissar.

Und Rosas sagt: »Du mußt nur herausfinden, wer damals in der Nacht mit Giacinto Gessi gegangen ist, und dann die betreffende Person wegen zweifachen Mordes festnehmen …«

»Ganz einfach: Ich lasse an den achtzehn betrogenen Ehemännern, Verlobten und Liebhabern, allesamt noch am Leben, eine Autopsie vornehmen … Du sagst nichts? Und unter den Ehemännern befindet sich auch der Maresciallo der Carabinieri!«

Rosas macht sich auf der Couch ein Plätzchen frei, neben der Gerte, die sich in seinen Arm schmiegt und sagt: »Du könntest als erstes mal den Maresciallo der Carabinieri fragen, ob er ›Stinkewasser‹ mag.« So nennen sie es in Pieve del Pino: Stinkewasser.

Kommissar Sarti hat begriffen, daß einer zuviel im Zimmer ist, und empfiehlt sich.

Er steht schon auf der Türschwelle und will gehen, als er Rosas sagen hört: »Du könntest auch unter den Freunden der beiden ›Seligen‹ suchen… Es ist klar, daß der Mörder jemand war, den die beiden kannten, angesichts der Tatsache, daß sie am Kopf getroffen wurden, als sie vor ihm standen…«

Kommissar Sarti sitzt im Auto, in seinem bequemen angerosteten Fiat 850, aber er hat noch immer die Gerte vor Augen und im Kopf. Ihren nackten Rücken und den flachen Bauch.

Und dieser Maulwurf von Rosas, der vielleicht jetzt gerade…

Er fährt sich mit der Hand über die Stirn und braust mit dem Fiat 850 los, als wäre es ein Spider.

Es ist dunkel. Auf den Viali, die von der Porta Mascarella zur Porta San Vitale führen, sind schon die schönsten Prostituierten der ganzen Provinz unterwegs. Da irgendwo müßte die zierliche Biondina sein, das putzige Wesen. Es ist schon eine Weile her, daß er sie mit nach Hause genommen hat. Ins Bett. Zum Teufel mit dem Schwefelwasser, den Gehörnten, den Leichen und den Homosexuellen von Pieve del Pino!

Über die glorreichen Achtzehn

Wenn man eine Geschichte erzählt, die interessant wird...

Kommissar Sarti beginnt, sich die glorreichen Achtzehn genauer anzusehen, und findet von allem etwas. Aber ich werde euch nur von denen berichten, die mir am interessantesten vorkommen: Auch ich dürfte inzwischen eine Spürnase haben!

Zum Beispiel halte ich es für überflüssig, euch von den Aussagen der vier Bauern zu erzählen: Die hatten und haben keine Zeit, sich um die Angelegenheiten ihrer Frauen zu kümmern... Und auch von den drei Arbeitern: Zwei gehen auf die Jagd, einer ins Stadion. Ihre Frauen? Sollen die doch ihren Dreck alleine machen! Und ob die das gemacht haben!

Die fünf Angestellten der Firma für die industrielle Ernte der für die Schokolade bestimmten Nüsse: Drei wußten gar nichts, und Sarti Antonio hat sie in ihrer Ahnungslosigkeit belassen; einer wußte es, war aber zu müde, um sich darüber aufzuregen (und ich verstehe das: Wenn man zehn Stunden an der Sonne Nüsse einsammelt, stumpft man ab). Der andere wußte es, war aber überzeugt, daß er sich auf diese Weise viel Mühe sparen konnte.

Wortwörtlich sagt er zu Sarti: »Für das, was man von ihr bekommt... Nicht einmal ein Dankeschön.« Und er geht, um wieder Nüsse zu ernten. Solche Leute können weder die Lust noch die Kraft haben, durch die Gegend zu laufen und ihren Mitmenschen Steine auf den Schädel zu schlagen. Die beiden Verlobten haben sich, den Informationen des Pfarrers zufolge, damit begnügt, ihre jeweiligen Bräute sitzenzulassen, und versucht, die Sache in irgendeinem Bordell in der Stadt zu vergessen. Und wer bleibt dann noch?

Jetzt kommt das Schöne: Es bleiben noch der Mechaniker, der Arzt, der Apotheker und der Maresciallo! Für die lohnt sich die Mühe, euch zu erzählen, wie die Dinge sich genau abgespielt haben. Also bitte sehr:

Als Kommissar Sarti den Mechaniker aufsucht, liegt der gerade unter einem Traktor.

Er sagt zu ihm: »Guten Tag. Ich komme von der Polizei und sorge hier für Ordnung.«

»Das tue ich auch.«

»Was soll das heißen?«

»Das soll heißen, daß ich versuche, diesen Traktor in Ordnung zu bringen ...«

Für Sarti bedeutet dieser Mann Haß auf den ersten Blick, deshalb kommt er ohne Umschweife zur Sache: »Wer hat dir gesagt, daß deine Frau es mit Mandini Gaetano getrieben hat?«

Der Mechaniker streckt zuerst den Kopf heraus und kommt dann ganz zum Vorschein: »Und du? Wer hat es dir gesagt?«

»Deine Frau ...«

Der Scherz kommt bei dem Mechaniker nicht gut an. Er säubert sich die Hände, ohne ein Wort zu sagen.

Aber Sarti will unbedingt, daß er redet. »Also, wer hat es dir gesagt?«

»Ich habe sie selbst zusammen erwischt, vor zwei Monaten.«

»Und deswegen hast du diesem Mandini den Schädel eingeschlagen?«

Der Mechaniker gehört zu jenen Leuten, die nicht viel sagen, aber das, was sie sagen, kommt klar heraus. »Wenn meine Frau eine Hure ist, ist das meine Sache, aber wenn du wiederholst, was du gesagt hast, dann schlag' ich dir den Schädel ein, auch wenn du von der Polizei bist.«

»Wie du es mit Mandini gemacht hast?«

Der andere zielt, bevor sich Sarti dessen bewußt wird, mit seiner geballten Faust genau auf sein Kinn. Sarti, der, wie gesagt, nicht damit gerechnet hatte, landet der Länge nach unter dem Traktor, genau an der Stelle, an der zuvor der Mechaniker gelegen hatte. Als er aufsteht, kann er nichts mehr machen, weil der Mechaniker schon bereit ist, ein zweites Mal zuzuschlagen: Er hat zwei Arme, die den Griffen eines Schmiedehammers ähneln, und seine Fäuste entsprechen dabei den Hammerköpfen. Deshalb erscheint es Sarti nicht ratsam, sich auf ihn zu stürzen.

Er tut es nicht, sondern sagt: »Irgendwann poliere ich dir deine hübsche Fresse und buchte dich ein.«

Er wartet, bis der andere wieder unter den Traktor kriecht, und fragt ihn: »Magst du Schwefelwasser?«

Der Mechaniker streckt wieder den Kopf heraus und sagt: »Ja. Es ist gut für die Leber, und ich trinke es jeden Tag...«

»Ich habe aber den Eindruck, daß es dir schlecht bekommt.«

Sarti geht. Der Mechaniker ist der Typ, der nicht lange fackelt, bevor er seinem Mitmenschen den Schädel einschlägt. Und er hat alle Voraussetzungen, um das zu tun. Jetzt geht es darum, etwas zu finden, was Hauptkommissar Raimondi überzeugt.

Persönliche Anmerkung: Zuzusehen, wie Kommissar Sarti unter den Traktor rollt, hat mich nicht unbeeindruckt gelassen. Meiner Ansicht nach hätte er dem Hammerschlag durch ein blitzschnelles Abwenden seines Körpers ausweichen, zum Angriff übergehen und seinem Gegner von unten einen Kinnhaken verpassen müssen. Dann hätte er sich ihm auf die Brust setzen und ihm mit der flachen Hand so lange aufs Gesicht schlagen können, bis ihm die Lippen geblutet hätten. Statt dessen ist Kommissar Sarti unter dem Traktor gelandet. Vielleicht hat er einfach nicht, wie man so sagt, die »Physique du rôle«. Oder gewisse Dinge schaffen immer nur die anderen.

Ende der persönlichen Anmerkung.

Kommissar Sarti glaubt nun, daß es bei den weiteren Besuchen bei Verdächtigen gut wäre, sie in Begleitung von Gianni »Glühwürmchen« Deoni durchzuführen, um gegen alle Eventualitäten gefeit zu sein. Bei diesen Gebirglern kann man nie wissen, da kann ein Zeuge nützlich sein.

Da ist der Doktor: ein anderer Mann, der weiß Gott über das entsprechende Erscheinungsbild verfügt – gutaussehend, ein Meter achtzig groß, grauer Bart.

Sarti fragt ihn: »Vertragen Sie sich mit Ihrer Frau?«

»Und Sie sich mit Ihrer?«

»Ich bin nicht verheiratet, Herr Doktor. Haben Sie andere Frauen?«

»Dazu habe ich weder Zeit noch Lust…«

»Und Ihre Frau?«

Der Doktor wirft einen Blick ins Wartezimmer, um

nachzusehen, wie viele Leute noch seiner Kunst bedürfen: Es sind vielleicht sechzehn oder zwanzig Personen. Er schließt die Tür seines Sprechzimmers, setzt sich an den Schreibtisch, seufzt resigniert und sagt: »Los! Hören wir mal, was Sie wissen wollen.«

»Über Ihre Frau...« Gianni »Glühwürmchen« Deoni tut, als absolvierte er einen Museumsbesuch und als würden ihn diese schönen Reden überhaupt nichts angehen. Er liest mit der ganzen ihm möglichen Aufmerksamkeit die Namen Tausender von Fläschchen, Zäpfchen und Pillen, die in den Vitrinen der Praxis zu sehen sind. Genau wie in einem Museum... Aber innerlich, in seinem Geiste, nimmt er von allem Notiz und wartet, daß er es zu Papier bringen kann, sobald sich die Gelegenheit bietet und der Direktor es für angebracht hält.

»Sie wissen es schon. Meine Frau ist mit diesem Burschen zusammengewesen, und Sie wissen das. Aber ich habe nie mörderische Instinkte gehabt. In meinem Beruf lernt man, anders als üblich zu reagieren. Ich habe diesen Mandini wegen starker Erschöpfung in Behandlung gehabt...«

»Das glaube ich sofort!«

»...und hätte mich nicht anstrengen müssen, um ihn auf intelligente Weise aus dem Weg zu räumen. Ich gehe nicht nachts durch die Wälder, um anderen Leuten den Kopf einzuschlagen. Die Köpfe bringe ich in Ordnung, wenn ich kann! Dieser Mandini war ein klinischer Fall. Wer weiß, warum, oder wer weiß, wie sich das Gerücht verbreitet hat, daß er ein großer Weiberheld gewesen sei. Also: Von da bis zum ›Dorfgockel‹ war es nicht mehr weit. In Wirklichkeit aber war er ein armer Junge mit ausgeprägter *ejaculatio prae-*

cox, etwas, was er im übrigen mit fast allen jungen Männern seines Alters gemein hat.«

»Wie bitte?«

»Er war zu schnell fertig! Er hat mich mehrmals gebeten, ihm durch eine Behandlung zu helfen. Ich habe ihm gesagt, daß nur die Zeit Heilung bringen kann. Er war zwanzig ...«

Kommissar Sarti steht da wie der Ochse vorm Scheunentor: »Dann sind also alle diese Frauen ...«

»Diese Frauen sind entweder dumm oder unbefriedigt: In diesem Dorf ist die Hälfte der Frauen dumm, die andere Hälfte ist dumm und unbefriedigt.«

»Und Ihre Frau?«

Der Arzt geht zur Tür und ruft seine Frau. Herein kommt das bekannte Superweib von vielleicht zwanzig Jahren. Sie lächelt Sarti an, lächelt den Doktor an und lächelt auch »Glühwürmchen« an, der spürt, wie er in Wallung gerät.

»Er will wissen, warum du mit Gaetano Mandini ins Bett gegangen bist.«

Das Superweib ist nicht auf den Kopf gefallen. Sie sagt: »Aus Neugier.«

Damit Sarti die Vernehmung nicht fortsetzen kann (seine Reflexe sind nicht sonderlich schnell: Im Angesicht gewisser Klärungen verliert er die Orientierung), übernimmt der Arzt selbst die Befragung seiner Frau. »Hat er dich befriedigt?«

»Eine Enttäuschung!«

Die Frau geht und kehrt dorthin zurück, woher sie aufgetaucht ist.

Der Doktor sagt: »Verstanden?«

»Nein! Unbefriedigt.«

Der Arzt öffnet die Tür des Sprechzimmers und ruft: »Der nächste bitte!«

Dann wendet er sich an Sarti: »Es gibt auch Ausnahmen. Manche Frauen sind weder dumm noch unbefriedigt, sondern nur neugierig.«

Ehe Kommissar Sarti die Praxis verläßt, hat er noch eine Frage: »In dieser Gegend gibt es eine Schwefelquelle. Es heißt, sie würde guttun.«

Der Doktor ist etwas verwundert, sagt aber: »Sie können es ja selbst probieren.«

»Sie trinken nichts davon? Giacinto Gessi ist um zwei Uhr in der Nacht aufgestanden, um an Ort und Stelle davon zu trinken. Haben Sie es ihm verschrieben?«

Der Arzt schenkt ihm keine weitere Beachtung, sondern sagt zu seinem Patienten: »Tief durchatmen ...«

Der Apotheker ist ein kleines hageres Männlein und trägt eine Brille mit dicken Gläsern. Wenn jemand euch sagen würde, er sei ein Mörder, würdet ihr nur lachen. Jedesmal, wenn die Klingel an der Tür der Apotheke »Din-Din« macht, sagt er: »*Buongiorno*«, ohne sich darum zu kümmern, ob jemand hereinkommt oder hinausgeht.

Er streckt die Hand aus, ohne dem Kunden ins Gesicht zu sehen, und wartet, daß er ihm das Rezept darauflegt. Das macht er schon seit so vielen Jahren, daß er sich dessen gar nicht mehr bewußt ist.

Kommissar Sarti legt ihm seinen Dienstausweis auf die offene Hand. Der andere liest und beschließt dann, den Neuankömmlingen ins Gesicht zu sehen, weil ihm klargeworden ist, daß er die auf dem Ausweis vermerkte Rezeptur nicht im Angebot hat, beziehungsweise daß sie nicht von der Krankenkasse übernommen wird.

Er scheint ein wenig verwundert oder auch besorgt zu sein: Man erkennt es nicht genau, und Sarti hat noch nicht gelernt, in den Gesichtern bestimmter Menschen zu lesen. Der Kommissar kommt zu dem Schluß, daß der Apotheker besorgt ist und sich einen Augenblick lang ertappt fühlt.

Der Apotheker fragt: »Sie wünschen?«

Diesmal macht sich Gianni »Glühwürmchen« Deoni Notizen auf einem Schreibblock. Nicht weil er anfängt, an seinem Gedächtnis zu zweifeln, sondern um hier in der Umgebung die Illusion zu vermitteln, etwas Sinnvolles zu tun. Und weil er absolut keine Lust mehr hat, weitere Namen von Krankheiten zu lesen…

Kommissar Sarti antwortet: »Mit Ihrer Frau zu sprechen.«

Auch jetzt macht der Apotheker eine besorgte Miene. »Meine Frau?«

»Ihre Frau? Haben Sie keine Frau?«

»Ich habe eine Frau… Ich habe eine Frau…« Aber er kann sich nicht recht entscheiden.

»Also, holen Sie sie her?«

Der Apotheker ruft nach ihr, ohne den Blick von Sarti zu wenden. Sie kommt: in Pantoffeln und mit Lockenwicklern im Haar. Sie ist die Zweitausgabe ihres Mannes, nur daß sie ein Kleid trägt. Da es Mandini Gaetano, der Gockel, auch dieser Frau besorgt hat, kann er wirklich nicht wählerisch gewesen sein.

Sie sagt jung und kokett: »Jaaaa!« Mit einem »a«, das sich über achtzehn Sekunden hinzieht.

Sarti Antonio sieht den Apotheker an und erklärt: »Ich möchte allein mit der Signora reden.«

»Allein?«

»Allein.«

»Na gut, dann gehe ich also nach nebenan...«

»Sehr gut, gehen Sie nach nebenan.« Der Mann geht hinüber, aber Sarti Antonio könnte schwören, daß er an der Tür lauscht. Er macht sich darüber keine Sorgen und legt gleich los: »Haben Sie Mandini Gaetano gekannt? Ist er Ihr Liebhaber gewesen? Weiß Ihr Mann davon?«

Sie verliert nicht die Fassung. »Jaaaa!«

»Ja was?«

»Ja auf alle Fragen, die Sie mir gestellt haben.«

Sarti Antonio öffnet die Tür und sagt: »Sie können dazukommen, da Sie Bescheid wissen... Haben Sie gehört, was ich Ihre Frau gefragt habe?«

Der Apotheker nickt.

»Hat es über diese Sache mit dem seligen ›Dorfgockel‹ Streit gegeben?«

Es ist die Frau, die loslacht. Sie sagt: »O nein! Nein, nein! Er hat nur zugeschlagen. Mich geschlagen, natürlich. Er hat seine Brille abgenommen und mich geschlagen.«

Es hat den Anschein, als hätte der Apotheker etwas zu sagen, aber Sarti läßt ihn nicht zu Wort kommen. Er läßt vielmehr die Frau sprechen.

Dann fragt er sie: »Mag Ihr Mann das Schwefelwasser?«

Die Frau lacht weiter: »Jaaaa! Er geht jeden Abend dorthin und holt sich eine Flasche und stellt sie in den Kühlschrank. Er braucht keine Medizin, sagt er, solange die Quelle mit dem Schwefelwasser sprudelt.«

»Dieses Wasser hat Giacinto Gessi aber geschadet. Sind Sie jemals mit ihm zusammen dorthin gegangen?«

Der Apotheker hat die Brille abgenommen. Es gelingt

ihm noch, zu murmeln: »Ich bin niemals mit diesem Schwein irgendwohin gegangen!«

Er drückt sich genau so aus: Dieses Schwein. Und im Mund des kleinen Apothekers wirkt es eigenartig. Als wäre dieses Wort größer als er selbst.

Seine Frau lacht: »Er hat ihn immer Schwein genannt.«

»Warum?«

»Ich weiß es nicht.«

Sie hört erst zu lachen auf, als Kommissar Sarti bereits auf der Piazza steht und über dieses Dorf der Wahnsinnigen ins Grübeln gerät. Unterdessen muß der Apotheker die Brille abgesetzt haben, weil er seine Frau wieder schlägt: Man hört ihre Schreie.

Gianni »Glühwürmchen« Deoni überfliegt seine Notizen und wirft dann alles in den erstbesten Abwassergraben. Er sagt: »Er ist gewalttätig: Er kann jemanden umgebracht haben! Und er weiß, daß Giacinto Gessi homosexuell war.«

Sarti ist erstaunt: »Woher weißt du denn das?«

»Warum würde er ihn sonst ›Schwein‹ nennen? Giacinto Gessi ist nicht der Typ, den man Schwein nennt, weil er aussieht wie ein Schwein! Er ist genau das Gegenteil: ein feiner Typ, ruhig. Der Apotheker weiß, daß Giacinto Gessi homosexuell war, deshalb hat er ihn immer Schwein genannt.«

Es ist eine klare Rede, die Kommissar Sarti zusammen mit all den anderen Reden, die er heute gehört hat, in seinem Gedächtnis speichert. »Jetzt muß ich zum Maresciallo.«

Gianni »Glühwürmchen« Deoni schaut auf die Uhr und sagt: »Und ich muß in die Redaktion. Ich muß etwas für die Nachmittagsausgabe schreiben …«

Sarti zieht ihn am Ärmel seiner Jacke: »Das kann warten. Den Maresciallo darfst du dir nicht entgehen lassen ...«

»Aber der wird wissen wollen, wer ich bin, was ich mache ... Und am Ende buchtet er mich ein ...«

»Und du gibst ihm keine Antwort. Sag ihm, daß du einen Anwalt willst: Das ist dein gutes Recht.«

Er läutet bei der Station der Carabinieri, und obwohl der Wachhabende die Klappe beiseite schiebt, kann er niemanden sehen. Also öffnet er. »Ist der Maresciallo da?«

»Es ist spät: Er ist gerade beim Essen.«

Gianni »Glühwürmchen« Deoni hat bereits kehrtgemacht, aber Sarti hält ihn wieder am Ärmel zurück. Er erklärt: »Wir wollen ihn sprechen. Ich komme vom Polizeipräsidium.«

Der Maresciallo der Station der Carabinieri von Pieve del Pino ist einer, den eine Frau mittleren Alters einen schönen Mann nennen würde. Alles pikobello, groß, gepflegt, mit der Serviette auf den Knien und einer Blumenvase auf dem gedeckten Tisch. Er verwendet Silberbesteck, eine Kristallkaraffe für das Wasser und eine andere Karaffe, ebenfalls aus Kristall, für den Wein. Er ist ein glücklicher Mann: Er hat eine Familie und eine Arbeit, die ihm Freude macht ...

Er läßt die beiden am Tisch Platz nehmen und von dem Mädchen zwei Gläser (aus Kristall) bringen.

Sarti trinkt und fragt dann: »Ist das Ihre Frau?«

»Das ist meine Tochter.« Und er lacht glücklich: Vaterstolz.

»Ihre Frau ist nicht da?«

»Meine Frau ist hinuntergegangen und besucht die Verwandten in ihrem Dorf. Unten. Also: Wie weit sind wir, Herr Kommissar, mit den Ermittlungen?«

Und jetzt? Gianni »Glühwürmchen« Deoni steckt die Nase in das Glas und nimmt einen ewig langen Schluck.

Sarti weiß nicht recht, wo er anfangen soll. Er sagt: »Nichts Neues. Ich habe vielmehr gehofft, daß Sie mir etwas zu sagen hätten ...«

»Sie sind es doch, die sich um den Fall kümmern?« In der Frage liegt eine ironische Spitze. Als wollte er sagen: »*Wir* hätten schon längst ...«

»Sie kennen die Leute von hier besser als ich. Zum Beispiel dieser Mandini Gaetano ... Ich habe erfahren, daß er sich mit dem halben Dorf eingelassen hat. Auch mit der Frau des Doktors, hat man mir gesagt.«

Der Maresciallo hat mit dem Essen aufgehört und seiner Tochter ein Zeichen gemacht, daß sie nach nebenan gehen soll, weil das keine Sachen für junge Ohren sind. Dann sagt er: »Diese Leute reden viel zusammen. Ich würde mich nicht wundern, wenn sie erzählt hätten, daß er auch mit meiner Frau etwas hatte.«

Gianni »Glühwürmchen« Deoni hüstelt in sein Glas hinein.

Aber der andere fährt fort: »Die Frau des Arztes ist, wie meine übrigens auch, von einer Tugendhaftigkeit, die über jeden Zweifel erhaben ist. Diese Leute hier sehen zu viele unanständige Filme. Ich würde diese Filme verbieten, die ...«

»Haben Sie gewußt, daß Giacinto Gessi homosexuell war?«

Der Maresciallo setzt seine Darlegungen fort, als hätte ihn Sarti Antonio nicht unterbrochen: »Ich würde unbedingt gewisse Filme verbieten, die nichts anderes bewirken, als die Geister zu verwirren und die Schwächeren aus dem Gleichgewicht zu bringen ...«

Und so redet er weiter, bis Kommissar Sarti sich empfiehlt. Er verabschiedet sich, weil er ihn nicht fragen kann, ob er Bescheid weiß, daß sich seine Frau mit dem »Gockel« getroffen hat, und auch, weil ihm jetzt klargeworden ist, daß er aus dem da nie etwas herausbekommen wird. Es ist, als hätte er gesagt: »Ihr, die ihr so auf Zack seid, seht nur zu, wie ihr damit fertigwerdet!«

Aber Kommissar Sarti bezweifelt schon seit einiger Zeit, daß irgend jemand aus dem Schlamassel herausfinden wird.

»Er hat seine Frau unter Quarantäne gestellt, gleich nachdem der ›Gockel‹ ermordet wurde.« Gianni »Glühwürmchen« Deoni atmet tief durch, als wäre er bis jetzt unter Wasser gewesen. »Ich hätte ihn gefragt, wo er in der Tatnacht gewesen ist. Ist dir klar, daß der Maresciallo jetzt weiß, daß du das mit seiner Frau weißt? Das ist einer aus dem Süden! Wenn er es gewesen ist, wird es nicht lange dauern, und er räumt auch dich aus dem Weg...«

»Das Problem ist: Wie findet man heraus, ob er es gewesen ist? Was erzähle ich Hauptkommissar Raimondi?«

»Du sagst ihm, daß du Informationen über den Maresciallo brauchst, weil er des mehrfachen Mordes verdächtig ist...«

»Ja! Das bringt mich in den Knast wegen Beleidigung der Carabinieri! In was für einer Jauchegrube bin ich da bloß gelandet!«

»Das ist eine Überlegung wert! Aber aus meiner Sicht hat man dich da hineingestoßen: ›Er‹ hat dich da hineingestoßen.«

Während der ganzen Fahrt macht keiner der beiden den Mund auf. Erst als Gianni »Glühwürmchen« Deoni vor der

Redaktion seiner Zeitung aussteigt, fragt er: »Was darf ich nun schreiben?«

»Nichts.«

»Aber ich werde meinem Chef gegenüber Rechenschaft ablegen müssen wegen der Zeit, die ich unterwegs vertrödelt habe, oder? Er wird wissen wollen, wo ich bis jetzt gewesen bin ...«

»Und du sagst ihm, daß du im Puff warst.« Sarti zieht die Tür des Fiat 850 zu und fährt weiter. Er bleibt gleich wieder stehen und brüllt aus dem Fenster: »Schreib: Es bestehen starke Zweifel, daß Golfarini Antilio, der in Haft genommene Maurer, Mandini Gaetano, zwanzig Jahre alt, getötet hat.«

»Aber Golfarini Antilio war im Gefängnis, als Mandini Gaetano ermordet wurde!«

»Genau! Richtig! So schreibst du es. Und schreib auch, daß das Schwefelwasser gegen alle Krankheiten gut ist, mit Ausnahme der Kolitis.« Und er läßt ihn so, mit schwerem Herzen, vor der Redaktion stehen.

Eine Zwischenbilanz …

Wenn Kommissar Sarti eine Zwischenbilanz zieht, so versteht er immer weniger, und die Miene, die Hauptkommissar Raimondi macht, verrät, daß auch »er« immer weniger durchblickt. »Er« fragt ihn: »Was hast du jetzt vor?«

Sarti zuckt mit den Achseln: »Felice Cantoni im Krankenhaus besuchen …«

Dann starren sie sich eine Weile an.

»Wenn ich es mir genau überlege, scheinen die Dinge doch nicht so kompliziert zu sein. Immerhin gibt es ein Motiv: Die Rache eines betrogenen Mannes. Es geht nur darum, festzustellen, wer dieser Mann ist. Also: Wo befanden sich die Verdächtigen zum Zeitpunkt des Verbrechens? Das ist ein Kaff, in dem alle alles über alle wissen. Hier gibt es nicht, gewissermaßen, die Labyrinthe der Großstadt … Da die Dinge so liegen, muß ich mir nicht die Umstände machen, die Ermittlungen selbst in die Hand zu nehmen oder sie einem anderen Kommissar zu übertragen. Los, Sarti, an die Arbeit! Du bist durchaus imstande, weiterzumachen, zumal ich den Eindruck habe, daß du schon ganz gut vorangekommen bist. Der Mechaniker, der Arzt, der Apotheker: Es geht darum, zu fragen, zu fragen, gewissermaßen …«

Er hält inne, um nachzudenken.

Sarti wagt einen Einwurf: »Und der Maresciallo?«

»Sarti! Ein Maresciallo der Carabinieri! Ich bitte dich!« Und er hält wieder inne, um zu überlegen. Sarti läßt ihn nachdenken. Nach einiger Zeit brüllt Raimondi Cesare los: »Der Pfarrer!«

Sarti reißt die Augen auf: »Der Pfarrer ist es gewesen?«

»Der Pfarrer! Der Pfarrer weiß immer alles in den kleinen Dörfern. Ihn muß man fragen, ihn fragen ... Die Ehefrauen erzählen in der Beichte, gewissermaßen, alles ... Los, Sarti, muß ich dir immer alles sagen? Nun mach schon! Los, mach schon ...«

Und Kommissar Sarti macht sich auf den Weg. Aber sobald er das Büro von Hauptkommissar Raimondi verlassen hat, um seinen Zwischenbericht zu erstatten, beginnt er an allem zu zweifeln. Da »er« zugestimmt hat, ist klar, daß es sich nicht um einen betrogenen Ehemann handelt. Da »er« nicht zugestimmt hat, ist klar, daß es sich um den Maresciallo handelt. Da »er« es für einen einfachen Fall hält, ist klar, daß er auch in zwanzig Jahren nicht damit fertig wird. Da »er« die Kastanie nicht selbst in die Hand nehmen will, wie Sarti ihm vorgeschlagen hat, ist klar, daß die Kastanie heiß ist.

Deshalb weiß Sarti Antonio nach seiner Zwischenbilanz, an welchen Heiligen er sich wenden muß.

Ihm kommt nur die (durchaus enttäuschende) Idee, in Erfahrung zu bringen, wer in den Tagen, seit er selbst dazu keine Zeit mehr hatte, das Denkmal bewacht hat ... Das ist kein welterschütternder Einfall, aber da er nicht weiß, was er sonst tun soll ...

Er trifft sie alle dort an, wie am letzten Abend: eingehüllt in eine Decke oder in einem Schlafsack. Ein Polizeiauto steht wenige Schritte entfernt.

Sarti fragt: »Und?«

Einer der beiden Polizisten hält ein Nickerchen, der andere steigt aus dem Wagen. Er sagt: »Alles in Ordnung: Ich verstehe nicht, was wir hier tun sollen. Es sind doch dieselben, oder?«

»Und wer sagt dir, daß es nicht genau diejenigen sind, die hier Krawall machen wollen?«

Er nimmt sie ins Visier und stellt fest, daß auch Rosas hier ist. Deshalb tritt er an ihn heran und begrüßt ihn.

Rosas fragt: »Was Neues?«

Sarti setzt sich neben ihn und lehnt den Rücken gegen den Sockel des Denkmals. Er schüttelt den Kopf und erkundigt sich dann: »Wann werdet ihr aufhören, in der Nacht hierherzukommen?«

»Irgendwann einmal ...«

»Und dann wird endlich jemand das Denkmal in die Luft sprengen können, und ihr könnt schreien, daß die Polizei unfähig ist und daß es, wenn ihr dagewesen wärt ...« Aber Rosas begreift nicht.

Sarti Antonio läßt seine Blicke schweifen: »Wo ist sie?«

»Wer?«

»Diese leichtgeschürzte Gerte, die neulich bei dir zu Hause war.«

Rosas zuckt mit den Achseln: Er weiß es nicht.

Wie üblich beginnt es zu einer bestimmten Zeit kalt zu werden.

Rosas fragt noch einmal: »Was Neues?«

Sarti weiß nicht, was er ihm antworten soll. Es nervt ihn, immer so dazustehen wie einer, der auf keinen grünen Zweig kommt, und deshalb sagt er: »Etwas Neues gibt es schon ...« Er fügt nichts hinzu. Er wartet und lauscht dem drückenden Schweigen ringsum. Auch Rosas sagt nichts mehr. Doch Kommissar Sarti muß mit jemandem reden, der nicht der Hauptkommissar ist, und in diesem Augenblick bietet sich Rosas einfach an.

Weitere persönliche Anmerkung:

Ich habe nie verstanden, warum diese beiden Typen sich immer wieder miteinander unterhalten. Sie haben nichts gemein: ein Polizist und ein Wer-weiß-was, der die Polizisten nicht ausstehen kann. Ein Wer-weiß-was, der auf der Straße oder in der Universität mit den Polizisten zusammenstößt: Sie sind, wenn es gutgeht, bereit, mit dem Schlagstock zuzuschlagen, und wenn es schlecht ausgeht, richten sie die Tränengasspritze auf ihn. Und wenn es für ihn gutgeht, entwischt er ihnen, so daß sie ihn nicht festnehmen können, und wenn es schlecht ausgeht, wird er auf dem Boden mit Fußtritten traktiert. Und trotzdem unterhält sich Kommissar Sarti gern mit Rosas. Wie zum Beispiel jetzt.

Ende der persönlichen Anmerkung.

Sarti sagt, mit leichter Nervosität in der Stimme: »Es gibt nichts Neues. Es ist ein Durcheinander, daß man Angst bekommen könnte.«

Er wartet, aber es folgt nichts. Er fängt wieder an: »›Er‹ sagt, man müsse mit dem Pfarrer reden … ›Er‹ sagt, daß hier eindeutig ein Fall von Mord aus Leidenschaft vorliegt … ›Er‹ hat noch nie irgend etwas kapiert!«

»Aber er ist der Hauptkommissar! Hast du erfahren, warum Giacinto Gessi um zwei Uhr in der Nacht Schwefelwasser trinken gegangen ist?«

Sarti schüttelt den Kopf.

»Hast du erfahren, warum ein Homosexueller in einen Puff gegangen ist?« Sarti idem.

Dann streckt sich Rosas aus und schließt die Augen. Er sagt: »Was, zum Teufel, hast du, Kommissar, in diesen ganzen Tagen gemacht?« Und er dreht sich auf die Seite und versucht einzuschlafen.

Richtig! Was, zum Teufel, hat er gemacht? Nichts: Er hat nur mit achtzehn Hahnreien geredet; er hat sich einen Schlag ins Gesicht eingehandelt, der ihn unter einen Traktor beförderte; er hat vier Verdächtige ausfindig gemacht, darunter einen Maresciallo der Carabinieri; er hat sich von Hauptkommissar Raimondi sagen lassen müssen, wie inkompetent er sei, und er ist ins Ospedale Maggiore gegangen, um diesen Unglückswurm von einem Felice Cantoni zu besuchen. Das, zum Teufel, hat er in diesen Tagen gemacht! Er sagt es ihm, aber es scheint, als würde Rosas ihm nicht einmal zuhören.

Schließlich steht Sarti auf und schreit ihn an: »Warum vergeude ich hier meine Zeit mit dir, verdammt noch mal? Was verstehst du schon von meiner Arbeit?«

Da kommt einer der beiden Polizisten, die im Auto saßen, auf ihn zu und fragt: »Was gibt's, Herr Kommissar?«

»Nichts!«

»Lochen wir sie ein?«

»Wen?«

Der Polizist macht ein Zeichen mit der Hand: »Die da ... diese ...«

Sarti faßt sich in den Schritt: »Loch diese zwei ein!« Und er geht zum Fiat 850.

Auf der Fahrt zurück in die Stadt zieht er Zwischenbilanz. Ihm fällt ein, daß es wirklich interessant wäre zu wissen, warum Giacinto Gessi, ein Homosexueller, in einem Bordell verkehrte. Und auch, warum er um zwei Uhr in der Nacht Schwefelwasser trank.

Als er genauer nachdenkt, sieht er nicht ein, warum er eigentlich nicht bei Clara vorbeischauen sollte, Via Solferino 10, zumal das Haus ja an seinem Heimweg liegt – auch wenn jetzt, ausgerechnet jetzt, die Kolitis wieder anfängt, ihn zu quälen. Das ist nichts Neues: Es passiert ihm jedesmal, wenn er wütend wird. Und Rosas, dieses große Stück Sch …, hat ihn wütend gemacht.

Auch wenn er, näher betrachtet, nicht genau weiß, warum er so wütend geworden ist, daß die Kolitis sich zurückgemeldet hat.

Er beschließt, es sich von jetzt an immer zweimal zu überlegen, bevor er aufbraust, und drückt in der Via Solferino 10 auf die Klingel.

Er hört, wie drinnen gebrummelt wird: »Um diese Zeit … Muß man da anständigen Leuten auf die Nerven gehen?«

Dann öffnet Clara »Butter« die Tür; Schlaftrunken protestiert sie: »Um diese Zeit …«

Kommissar Sarti sagt sofort: »Polizei.« Und er tritt ein. Er läßt ihr nicht die Zeit, die Tür zu schließen, und schießt gleich los: »Ich will wissen, warum Giacinto Gessi zu dir gekommen ist. Ich will wissen, ob er allein war oder in Begleitung …«

Er hält inne, um Luft zu holen.

Clara »Butter« ist inzwischen hellwach und lächelt auf eine Weise, als hätte sie einem ihrer Kunden geöffnet. Sie fragt: »Möchten Sie einen Kaffee, Herr Kommissar? Möchten Sie einen Kaffee?«

»Ja, ich will einen! Dann will ich wissen …«

Aber Clara ist bereits in der Küche und hantiert mit den Tassen und dem Espressokocher herum. Deshalb setzt sich Kommissar Sarti, wie ein x-beliebiger Kunde, in den Minisalon der Via Solferino 10 und wartet.

Clara kommt mit zwei dampfenden Tassen zurück. Sie sagt: »Um diese Zeit, Herr Kommissar, um diese Zeit?«

Sarti Antonio schlürft seinen Espresso. Er befindet: »Gut! Und?«

Clara »Butter« läßt sich auf der Armlehne des einen Sessels nieder, streift mit beiden Händen ihren Morgenrock sorgfältig glatt und legt los: »Also, immer hübsch der Reihe nach! Er ist zu mir gekommen, weil ich diskret bin und nicht durch die Gegend laufe, um etwas herumzutratschen. Er hat keine Frauen gewollt, er hat nie Frauen gewollt. Jedesmal, wenn er gekommen ist, war ein Freund dabei.«

Kommissar Sarti trifft beinahe der Schlag. Er brüllt: »Warum hast du das ›Glühwürmchen‹ nicht gesagt, verdammt noch mal?«

Clara legt ihm einen Finger auf die Lippen. »Leise, Herr Kommissar, leise, oder das ganze Haus wacht auf.«

Leise wiederholt Sarti: »Warum hast du das ›Glühwürmchen‹ nicht gesagt?«

»Ich renne nicht durch die Gegend und posaune alles herum. Ich nicht. Und außerdem: Wer ist eigentlich ›Glühwürmchen‹?«

»Niemand. Ist schon gut. Wie heißt der Typ, der mit Giacinto Gessi hierhergekommen ist ...?«

»Also, das weiß ich wirklich nicht! Er hat mir nie seinen Namen gesagt, und ich habe ihn auch nie danach gefragt.«

»Aber warum denn nicht?«

»Weil ich diskret bin ...«

»Verstehe.« Er zeigt ihr ein Foto von Mandini Gaetano, dem »Gockel«. »Ist der es?«

Clara »Butter« betrachtet das Foto genau und sagt: »O Gott, was für ein hübscher Bursche!«

»Ist der mit ihm gekommen?«

»Nein. Ich bin mir sicher, daß der es nicht war. Es war ein älterer Typ: Er hatte graue Haare. Vornehm, groß, immer sehr elegant. Nein, nein, der nicht. O Gott, was für ein schöner Mann!«

»Warum sind sie hierhergekommen?«

Clara »Butter« sieht den Kommissar mit weit aufgerissenen Augen an. Sie fragt: »Können Sie sich das nicht vorstellen, Herr Kommissar? Können Sie sich das nicht vorstellen?«

Kommissar Sarti kann es sich sehr wohl vorstellen. »Und ob, und ob.« Sarti bemerkt, daß auch er alles wiederholt. Deshalb geht er. Er verläßt das Haus Nummer 10 in der Via Solferino mit aufgerissenen Augen und mit einem großen Aufruhr in Kopf und Bauch.

»Und jetzt?«

Jetzt läutet er noch einmal. Er sagt: »Sollte er wiederkommen …«

Clara fällt ihm ins Wort: »Aber er ist tot, Herr Kommissar! Er ist tot.«

»Ich meine den anderen! Den älteren, den mit den grauen Haaren, den Vornehmen … Sollte er wiederkommen, sieh zu, daß du ihn hier festhältst, und sag mir Bescheid. Sieh zu …«

Also bitte, er wiederholt schon wieder alles.

Und wenn man sich vorstellt, daß der andere hier wieder auftaucht, wenn man sich das vorstellt!

Giorgio Celli, genannt »Peitsche« …

Sarti ist zu Hause, liest die Zeitung und denkt nicht an die Arbeit. Zumindest nicht am Sonntag … Gewöhnlich sieht er als erstes nach, ob ein Artikel von Gianni »Glühwürmchen« Deoni drinsteht. Wenn ja, dann liest er ihn – egal, worum er handelt. Wenn nicht, kehrt er zur ersten Seite zurück und studiert die Überschriften. Er ist also zu Hause und liest die Zeitung, als das Telefon läutet. Er schreit: »Ich bin nicht da!« Und er läßt es läuten. Aber der am anderen Ende läßt nicht locker.

»*Pronto*!«

»Wo, zum Teufel, bist du, Kommissar?« Es ist Rosas.

»Auf dem Klo!«

»Die eine Hälfte deines Lebens verbringst du auf dem Klo bei dir zu Hause und die andere Hälfte in diesem Klo von einem Polizeipräsidium …«

Sarti Antonio entgehen diese Spitzfindigkeiten. Er fragt: »Was willst du?«

»Dich sehen! Ich muß mit dir reden, Kommissar.«

»Du mußt mit mir reden?«

Am anderen Ende ein kurzes Schweigen, dann: »Golfarini Antilio, der Maurer, sitzt noch immer. Worauf wartet ihr noch? Warum laßt ihr ihn nicht laufen?«

»Wen fragst du das?«

»Dich, deinen Hauptkommissar, wen du willst! Ihr habt ihn wegen des Mordes an Giacinto Gessi verhaftet, und es ist klar, daß er es nicht gewesen ist...«

»Das glaubst du!«

»Auch du glaubst das.«

»Er hat das Denkmal beschmiert und muß im Knast bleiben.«

»Aufgrund welcher Paragraphen des Gesetzbuchs?«

Kommissar Sarti weiß es nicht: »Er muß sitzen und damit basta!«

Wieder ein kurzes Schweigen: »Ich muß dich mit jemandem reden lassen...«

»Es ist Sonntag, und ich rühre mich nicht von zu Hause weg. Ich bin nicht im Dienst...«

Am anderen Ende stößt Rosas einen Pfiff aus, leise. »Du bist ein großer Hurensohn, Kommissar!«

Kommissar Sarti, Hurensohn, erstarrt, den Hörer in der Hand, und wirkt wie ein begossener Pudel. Tatsache ist, daß er keinerlei Absicht hatte, die Verbindung zu unterbrechen. Auch weil Rosas ihn jedesmal, wenn er mit ihm spricht, auf hervorragende Ideen bringt. Er entscheidet sich: Er geht hinunter, steigt in den Ottoecinquanta und fährt in die Via Caterina. Zu Rosas.

Ist euch schon mal aufgefallen, daß ihr dann, wenn ihr jemanden unbedingt treffen müßt, ihn niemals antrefft? Tatsächlich ist Rosas nicht zu Hause. Das ist logisch, weil er Sarti angerufen hat, und das kann er nicht von zu Hause aus getan haben, weil er selbst kein Telefon besitzt. Außerdem: Es ist Sonntagnachmittag, und alle Leute, die etwas auf sich halten, sind unterwegs. Einige fahren im Auto spazieren, andere gehen ins Kino, wieder andere ins Stadion, und es gibt auch solche, die zumindest einmal in der Woche einfach ihrer Wege gehen. Ein wenig nachzudenken hätte genügt! Aber Kommissar Sarti ist nun schon mal unterwegs und hat keine Lust mehr, nach Hause zu fahren und die Zeitung zu lesen. Er fährt in die Via E.A. Mario zum Campo Baseball, um sich das Spiel von Montenegro anzuschauen. Ich glaube, ich habe euch noch nicht davon erzählt, aber Kommissar Sarti ist ein echter Baseballfan. Auch dies gehört zu den Dingen, die ich an ihm noch nicht verstanden habe, ebensowenig wie ich das Baseballspiel als solches je verstanden habe. Er sieht sich das ganze Match an und kehrt zufrieden (Montenegro Bologna hat gewonnen) in die Via Caterina zurück. Diesmal trifft er ihn an: Rosas liegt auf der Couch, allein, und liest in wer weiß was für einem Buch.

Sarti Antonio fragt: »Was willst du?«

Rosas sieht ihn so an, als wollte er sagen: »Wonach suchst du jetzt?«

Aber Sarti tut, als könnte er nicht in den Gedanken des anderen lesen, und wiederholt: »He! Was willst du?«

»Hast du das Auto dabei, Kommissar?«

»Ja, habe ich!«

Rosas steht auf und geht hinaus. Sarti hinter ihm her. Als sie im Fiat 850 sitzen, nimmt Rosas die Lektüre seines Buches wieder auf.

»Wohin geht's?«

»Nach Pieve del Pino, bitte sehr!« Als säße er in einem Taxi.

Sarti haut mit einem Schlag gegen den Schaltknüppel den ersten Gang ein, würgt unter Knirschen und Krachen den zweiten rein, im dritten bleibt er, bis der Motor aufheult, aber der vierte geht schon besser rein, weil sich seine Aufregung inzwischen ein bißchen gelegt hat. Er schreit: »Ich bin kein Taxi! Verstanden?« Aber er nimmt die Straße, die nach Pieve del Pino führt: »Was machen wir dort?«

»Mit einem Typ reden. ›Am 22. Oktober hob die Regierung endlich das Kaiserliche Dekret über die Strafverschärfung für solche Personen auf, welche in kriminelle Handlungen gegen den Staat verwickelt waren. Doch es gab eine Kategorie von Personen, die davon nicht mehr profitieren konnten. Das waren die zu Tode Gefolterten, die Niedergemetzelten, die Erdrosselten, die Erschossenen, die für die Sache des Volkes Gefallenen. In den Leichenschauhäusern der Polizei lagen die noch warmen Leichen der ersten Opfer der verfassungsmäßigen Ära ...‹«

Kommissar Sarti hat nicht viel von dem verstanden, was Rosas ihm vorgelesen hat. Er fragt: »Was ist das?«

»Nichts, was dich interessiert, Kommissar, bis auf die Tatsache, daß auch die Gefallenen des Denkmals ausgerechnet zu einem Zeitpunkt gestorben sind, als unsere verfassungsmäßige Ära gerade beginnen sollte. Wenige Tage vor Kriegsende ...«

»Das Schicksal ...«

Rosas gerät in Rage, was nicht oft passiert: »Das Schicksal hat gar nichts damit zu tun! Jemand hat gewußt, daß sie dort vorbeikommen würden, hat sie dort abgepaßt und niedergemetzelt. Alle! Das Schicksal lassen wir bitte aus dem Spiel! So wie ihr, wenn ihr denen ins Gesicht schießt, die auf die Straße gehen!«

»Oder wenn ihr einem Polizisten den Schädel einschlagt!« Und damit endet das Gespräch. Besser so. Erst als sie in Pieve del Pino eintreffen (es ist bereits dunkel), fragt Sarti: »Wer ist dieser Typ, mit dem du mich reden lassen möchtest?«

»Giorgio Celli.« Weiter sagt Rosas nichts.

»Und?«

»Er war ein Freund von Giacinto Gessi und Gaetano Mandini.«

»Und?« Aber Rosas antwortet nicht mehr. Er liest wieder in seinem Buch. Sarti läßt ihn in Ruhe, zumal er sowieso nichts aus ihm herausbrächte. Höchstens würde Rosas mit seiner Pfeiferei beginnen, und Sarti hat wirklich absolut keine Lust, sich das anzuhören.

»Wohin soll ich jetzt fahren?«

Rosas zeigt ihm die Straße neben der Apotheke. In der Tür steht der hagere kleine Apotheker, der hin und wieder seine Frau verprügelt. Sobald er Sarti erkennt, verschwindet er.

»Der da hat Dreck am Stecken. Aber gewaltig!«

Der Kommissar fährt mit dem Fiat 850 weiter, bis Rosas sagt: »Hier ist es.«

Und sie steigen aus. Das Haus ist das letzte des Dorfes, danach beginnen die Felder. Es ist schon ganz finster, und die Straße ist nicht beleuchtet. Nicht einmal das Haus scheint über elektrisches Licht zu verfügen. Man sieht nichts und hört nichts.

Sarti sagt: »Es ist niemand da.«

»Warten wir mal.« Sie treten ein, weil die Tür offensteht.

Sarti tastet mit den Händen nach einem Schalter, aber anscheinend gibt es keinen. Er gibt die Suche auf und zündet ein Streichholz an, das sofort wieder erlischt, weil der Wind weht. Er sagt: »Warte auf mich.«

Er geht zum Auto, um die Taschenlampe zu holen, und als er zurückkommt, ist auch Rosas nicht mehr da.

»Rosas!« Er sucht ringsum alles mit der Lampe ab. »Was ist denn das für ein Haus! Rosas?« Eine Tür steht offen, und Sarti Antonio tritt über die Schwelle. Nicht daß es besonders angenehm ist, sich in einer solchen Situation zu befinden… das weiß ich.

Aber dann sieht er sie: Sie sitzen vor einem Fenster und drehen ihm den Rücken zu. Keiner der beiden sagt ein Wort.

Sarti ist ziemlich sauer. Er platzt los: »Was sind denn das für Scherze! Kannst du nicht antworten?«

Jetzt antwortet Rosas: »In der Stille fühlt man sich so wohl. Wir sind hier.«

Der andere steht auf und findet im Dunkeln einen Stuhl für ihn. Er bewegt sich, als könnte er sehen. Er ist groß und breit. Er hat einen Hals, den meine beiden Hände nicht umfassen könnten. Er scheint fett zu sein, ist aber wohl eher ein einziges Muskelpaket.

Kommissar Sarti leuchtet ihm ins Gesicht: Er ist auch ziemlich häßlich. »Gibt es in diesem Haus kein elektrisches Licht?«

Es ist Rosas, der ihm antwortet: »Nein!«

»Warum nicht?«

Der große und schwere Typ spricht leise. Er sagt: »Ich mag kein Licht. Das ist alles.«

Kommissar Sarti glaubt, daß dieser Typ nicht ganz bei Trost ist. Aber er sagt es nicht und setzt sich ebenfalls hin, um nach draußen zu schauen. Das Fenster blickt zum Dorf. Eine Zeitlang fühlt sich Sarti ganz wohl so, und er hofft, daß Rosas sich irgendwann aufraffen wird, aber dann kann er es wirklich nicht mehr aushalten: »Und?«

Rosas sagt: »Das hier ist Giorgio Celli. Auch ›Peitsche‹ genannt, weil er immer mit einer Peitsche auf den Schultern herumgeht.«

»Sehr erfreut. Sarti Antonio, Kommissar.« Er gibt ihm nicht die Hand, weil er ganz genau weiß, daß Giorgio Celli, »Peitsche«, sie ihm nicht drücken würde. Er fährt fort: »Hast du die beiden gekannt?«

Der andere nickt, aber Sarti, der keine Katze ist, nimmt das nicht wahr.

»Und?«

»Ich habe ja gesagt!«

»Du hast ja gesagt? Ich habe nichts gehört. Weißt du, wer es gewesen ist?«

»Peitsche« beginnt mit leiser Stimme und ohne zu stocken: »Wenn ich wüßte, wer es gewesen ist, würde es dem Typ ziemlich schlecht ergehen, weil ich ihn nämlich umlegen würde. Erschlagen würde ich ihn! Wenn der glaubt, daß ich Angst habe, irrt er sich gewaltig! Er hat den beiden den Schädel eingeschlagen, aber das macht mir keine Angst. Er soll es nur bei mir versuchen! Ich bin weder Giacinto noch Gaetano, und ich erwarte ihn hier. Soll er doch kommen, wann er will! Wir werden schon sehen, wer hier den kürzeren zieht ...«

Kommissar Sarti findet allmählich sowohl an dem Dunkel als auch an dem leisen Gerede von Giorgio Celli, genannt »Peitsche«, Gefallen. Er fragt: »Warum sollten sie versuchen, auch dich umzulegen? Was für Motive gibt es?«

»Was für Motive hat es gegeben, Giacinto und Gaetano umzubringen? Was waren das für Motive?«

»Weißt du es?« Giorgio Celli antwortet nicht. Sarti vermutet, daß er den Kopf geschüttelt hat, und fährt fort: »Also muß es ein Verrückter gewesen sein, dem es Spaß macht, durch die Gegend zu laufen und Leute aus dem Weg zu räumen ...«

»Es ist kein Verrückter! Er hat die beiden kaltgemacht, und er wird es auch bei mir versuchen ...«

»Aber wenn du mir doch kein Motiv nennen kannst!«

Wieder Schweigen. Nach einer Weile ergreift Rosas das Wort: »Giacinto Gessi, Gaetano Mandini und er waren dicke Freunde ...«

»Und deshalb will jemand sie um die Ecke bringen?«

Rosas tut so, als hätte Sarti nichts gesagt, und fährt fort: »... und sie haben sich bisweilen getroffen, um zusammenzusein. Hier, im Haus, oder irgendwo anders.«

Sarti Antonio kommen Zweifel: »Und was haben sie hier im Haus, in der Dunkelheit, gemacht? Waren sie alle drei schwul? Wie Giacinto Gessi?«

Diesmal ist es »Peitsche«, der spricht, immer noch leise: »Giacinto Gessi war nicht schwul!«

»Nein? Dann lies mal den Obduktionsbefund! Oder sag mir, was er ohne Frauen in einem Bordell gemacht hat, mit einem älteren Typ, einem großen, vornehmen Herrn mit grauen Haaren ...«

Keiner sagt ein Wort. Dann nimmt Sarti den Faden wieder auf: »Was bist du denn für ein Freund, wenn du das nicht gewußt hast?«

»Das war seine Sache!«

Rosas sagt: »Sie sind Pilze sammeln gegangen.« Als wäre das der Punkt, der den ganzen Fall lösen würde.

Sarti interessiert sich für gar nichts mehr: Jedenfalls interessiert ihn kein Verrückter, der in seinem Haus herumsitzt, im Dunkeln, und behauptet, der Freund von zwei Ermordeten zu sein. Doch höflichkeitshalber antwortet er: »Ja? Und haben sie welche gefunden?«

»Sie sind ein paar Tage, bevor Giacinto Gessi ermordet worden ist, beim Pilzesuchen gewesen. Sie sind auch an der Quelle vorbeigegangen, um einen Schluck Schwefelwasser zu trinken.«

Jedesmal, wenn Kommissar Sarti »Schwefelwasser« hört, bekommt er einen Krampf im Magen, und sofort folgt ein Kolitisschub. Das ist wohl so, weil er noch nicht begriffen hat, welche Rolle dieses verdammte Schwefelwasser in der ganzen Geschichte spielt. Und vielleicht wird er es auch nie begreifen. Er fragt: »Sonst hast du mir nichts zu sagen?«

Die übliche Verneinung mit dem Kopfschütteln, das Sarti nicht sieht, sich aber vorstellt.

»Du bist ein Lügner. Du wartest darauf, daß sie kommen, um dir den Schädel einzuschlagen, weißt aber nicht, warum! Man hat deine beiden Freunde umgebracht, und du weißt nicht, warum! Du bist ein Lügner. Wenn sie dich kaltmachen (und ich bezweifele das), tun sie gut daran. Also, ich muß jetzt los.«

Sarti geht. Rosas holt ihn erst ein, als er schon im Auto sitzt, und der Kommissar läßt jetzt seinem Ärger freien Lauf: »Der ist ja verrückt! Ich habe den Eindruck, daß wir alle verrückt werden! Einschließlich deiner Wenigkeit, mein Genie! Du bringst mich mitten in der Nacht hierher, damit ich mir einen Haufen Blödsinn anhöre ...«

»Er hat nicht nur Blödsinn gesagt: Er hat gesagt, daß sie Pilze sammeln und Schwefelwasser trinken gegangen sind ...«

»Na und?«

»Jetzt ist es an der Zeit, daß auch wir ein bißchen von diesem Wasser trinken. Hast du darüber noch nie nachgedacht? Hier trinken sie es alle: vom Doktor über den Apotheker bis hin zum Maresciallo der Carabinieri, den beiden Leichen, dem dritten Freund, der, bis jetzt, noch am Leben ist...«

»Ich mag kein Schwefelwasser – ich habe es nie ausstehen können. Und außerdem habe ich Kolitis, und es würde mir schlecht bekommen.« Er sagt es so dahin, nur um etwas zu sagen, weil er ganz genau weiß, daß er sich irgendwann entschließen und sich diese Quelle anschauen muß. Und wer weiß, ob Rosas nicht doch wieder recht hat...

Kommissar Sarti beim Rapport...

Hauptkommissar Raimondi hat den Aktenordner bereits zwanzigmal geöffnet, durchgeblättert und wieder zugeklappt. Und jedesmal hält er einen Augenblick inne, um Kommissar Sarti ins Gesicht zu blicken, der vor ihm steht und wartet...

»Er« liest wieder einige Zeilen durch, aber dann kann »er« wirklich nicht mehr an sich halten und wirft den Aktenordner in eine Ecke des Tischs.

»Weißt du, was das ist? Ein Schlamassel ist das! Wenn ich den Bericht den Vorgesetzten zum Lesen gebe, fragen sie mich, gewissermaßen... ob ich hier Polizisten habe oder Waschweiber! Das ist ein Schlamassel, und du bist ein Oberschlamaßler! Es sind mehr als zwei Monate vergangen, und wie weit bist du gekommen?«

Sarti schickt sich an, den Mund zu öffnen, aber Hauptkommissar Raimondi läßt ihm nicht die Zeit dazu: »Ich sag es dir! Erstens: Du läßt mich einen gewissen Golfarini Antilio verhaften, Maurer, unter dem Verdacht, Giacinto Gessi ermordet zu haben, sechsundzwanzig Jahre alt, Bauer. Zweitens: Du erzählst mir, daß der Tote Schwefelwasser zu trinken pflegte (und wen interessiert das, gewissermaßen?), und zwar um zwei Uhr in der Nacht, mitten in einem Wald, während er tagsüber ins Bordell ging, aber keine Frauen wollte … Drittens (das schreibst du mir hier): Du bittest mich, den Maurer freizulassen, weil er, wie du sagst, nichts damit zu tun hat, da es sich bei den Morden (und man weiß nicht, warum es inzwischen zwei geworden sind) um Verbrechen aus Leidenschaft gehandelt hat.

Viertens: Du unterziehst den Mechaniker, den Arzt, den Apotheker und den Maresciallo der Carabinieri von Pieve del Pino Befragungen, weil es deren Ehefrauen, gewissermaßen, getrieben haben mit Mandini Gaetano, zwanzig Jahre alt, der zweiten Leiche, dem Gockel des Dorfes. Fünftens: Du willst mir weismachen, daß der angebliche Dorfgockel im Grunde gar kein so großer Gockel gewesen ist, ja, daß er viel zu wünschen übrig ließ.

Sechstens: Du bittest mich, einen Typ mit grauen Haaren – vornehm, groß, stets sehr elegant – zu suchen, der, soweit es scheint, ins Bordell gegangen ist, um sich mit Giacinto Gessi, sechsundzwanzig Jahre, Bauer, homosexuell, der ersten Leiche, zu vergnügen. Ich höre auf dich und verteile ein Phantombild, das meiner Wenigkeit ähnelt … Das glaubst du nicht? Da schau her, schau her!«

Sarti Antonio betrachtet es und stimmt zu, daß Clara das Foto von Hauptkommissar Raimondi vor Augen gehabt haben muß, als sie den Experten diese Art von Zeichnung anfertigen ließ.

»Siebtens: Plötzlich handelt es sich nicht mehr um Mord, diktiert von der Eifersucht eines betrogenen Ehemannes! Nein! Es handelt sich um einen Typ, einen Verrückten, dessen Name … dessen Name …«

» … Giorgio Celli lautet, genannt ›Peitsche‹.«

»Giorgio Celli, genannt ›Peitsche‹, der sich, gewissermaßen, damit amüsiert, in einem Zimmer ohne elektrische

Beleuchtung zu sitzen. Der soll sie umgebracht haben, weil sie seine engsten Freunde waren!

Sarti Antonio! Ist Ihnen bewußt, was Sie da geschrieben haben?«

Sarti Antonio ist sich vollkommen bewußt, was er da geschrieben hat. Mehr oder weniger (Hauptkommissar Raimondi hat übertrieben und den Schlamassel noch größer gemacht, als er ist), also, mehr oder weniger präsentiert sich die Sachlage tatsächlich so.

»Giorgio Celli ist ein armer Irrer und verfügt über Bärenkräfte. Nur ein Verrückter kann diese beiden umgebracht haben ...« Aber »er« läßt ihn auch diesmal nicht ausreden, und jetzt hat »er« ja sogar noch angefangen, ihn zu siezen!

»Sie sind sich, gewissermaßen, bewußt, was Sie da anrichten? Lassen Sie dieses Zeug verschwinden, Herr Kommissar, bevor es jemandem in die Hände fällt – jemandem, der Sie nicht kennt ...« Er reicht ihm den zerknitterten Bericht, und Sarti steckt ihn in seine Tasche. Er ist im Begriff zu gehen.

»Und was haben Sie jetzt vor, Herr Kommissar?«

Wenn Sarti nur wüßte, wo er seine Hände hintun sollte ... »Ich muß ein bißchen nachdenken.«

»Oh, bravo! Versuchen Sie, ein bißchen nachzudenken, gewissermaßen ...«

Kommissar Sarti geht. Er verläßt das Büro des Hauptkommissars mit entsetzlichen Bauchschmerzen, einer großen Lust loszubrüllen und mit einem unbezwingbaren Haß auf seinen Vater, der an allem schuld ist, weil er ihn nicht als Zwölfjährigen als Gehilfen zum Bäcker geschickt hat. Aber offensichtlich ist es noch nicht vorbei: Er ist noch nicht am Ende des Korridors angelangt, als »er« ihm nachruft: »Herr Kommissar!«

Sarti dreht sich um und sieht, daß der Herr Hauptkommissar ihm nachläuft. Da er ihm nicht entwischen kann (er käme ohnehin nicht weit, und außerdem wäre es ein Schuldeingeständnis), beschließt er, auf ihn zu warten.

Der andere sagt zu ihm: »Gehen wir und reden wir mit dem Pfarrer. Ich hatte es dir schon vorgeschlagen, aber auf meine Vorschläge pfeifst du ja, gewissermaßen.«

Sarti folgt ihm bis in den Hof.

»Wo steht dein Auto?«

»Es ist hier draußen. Wir können eins von denen nehmen ...«

»Sarti Antonio! Machen wir uns nicht lächerlich wegen eines Autos, gewissermaßen ...«

Wir lassen nicht zu, daß wir uns lächerlich machen, und steigen in Sartis Ottoecinquanta. Auch wenn er aufgehört hat, ihn zu siezen, muß Hauptkommissar Raimondi ziemlich deprimiert sein, denn er sagt während der ganzen Fahrt kein einziges Wort außer: »Wir werden sehen, ob es uns gelingt, irgend etwas zu erreichen.«

Sobald sie vor der Kirche von Pieve del Pino eintreffen, sagt Sarti zum Priester: »Dies ist Hauptkommissar Raimondi Cesare. Er möchte wissen ...«

»Laß mich reden, Herr Kommissar! Lieber Herr Pfarrer, ich würde Ihnen gern, gewissermaßen, einige Fragen stellen. Um zu sehen, ob es uns gelingt, diese schrecklich verworrene Situation zu entwirren.«

Dieser Kraftbolzen von einem gutaussehenden, hochgewachsenen Priester setzt ein Lächeln auf, aus dem Sarti folgendes herausliest: »Bitte sehr, verehrter Herr Doktor, ich hege keine Zweifel, daß es Ihnen, einer hochgebildeten und intelligenten Persönlichkeit, gelingen wird, den Fall zu lösen …«

Aber er sagt: »Ich befürchte wirklich, daß ich Ihnen keine Hilfe sein kann. Ich habe bereits alles Ihrem Mitarbeiter gesagt …«

Sarti würde ihm dafür gern einen Kuß geben, ja, wirklich!

»Ich möchte aber das wissen, was Sie ihm nicht gesagt haben! Zum Beispiel, Hochwürden, haben Sie gewußt, daß Giacinto Gessi … daß Giacinto Gessi … Nun, daß er, was Frauen anbelangt, nicht allzu normal war?«

»Der arme Cintino! Er hat sich mit mir so oft über dieses Problem unterhalten …«

»Sie haben es also gewußt!«

Der Schrank von einem Priester nickt, aber mit trauriger, todtrauriger Miene.

»Warum haben Sie es mir nicht gesagt?«

Der Mordskerl von einem Pfarrer sieht Sarti an, ohne seinen Gesichtsausdruck zu ändern. »Mein Sohn, Sie haben mich nie danach gefragt, und ich kann nicht Dinge herumerzählen, die mir meine Pfarrkinder im Beichtstuhl anvertrauen …«

Raimondi bekommt vor lauter Genugtuung glänzende Augen. Er fährt fort: »Und Sie wissen wohl auch, wer der Mann war, mit dem Gessi, gewissermaßen …«

»O nein! Das nun wirklich nicht!«

»Was wissen Sie über Mandini Gaetano, Hochwürden? Ich meine über seine, gewissermaßen, sexuelle Aktivität?«

Der Priester-Hüne nickt, immer noch mit trauriger Miene. Es muß wirklich gräßlich sein für einen Pfarrer, die schmutzigsten Probleme seiner Schäflein auf dem Boden seiner Kirche auszubreiten.

»Hat Ihnen irgendeine der verheirateten Frauen etwas von Drohungen erzählt, die dem verstorbenen Mandini Gaetano gegenüber geäußert wurden?«

»Mehr oder weniger alle haben ihre Frauen und Gaetanino bedroht.«

Jetzt kann Sarti nicht mehr an sich halten: »Auch der Doktor?«

»Hm, ich würde sagen, nein. Der Doktor ist eine Art von … kurz gesagt, er ist ein Mann ohne Moral. Ihm macht es nichts aus, wenn seine Frau …«

»Und der Maresciallo?« fragt Sarti, und diesmal sieht er, während er auf die Antwort wartet, Raimondi Cesare prüfend ins Gesicht.

»Die arme Frau des Maresciallo ist zu ihrer Familie zurückgekehrt. Er hat sie fortgeschickt. Die Ärmste hat mich, bevor sie weggegangen ist, besucht … Sie hat sich die Augen aus dem Kopf geweint, die Ärmste … Sie hat es so bereut! Gott weiß, wie sie es bereut hat! Unter Tränen hat sie zu mir gesagt: ›Hochwürden, ich gehe fort. Ich lasse meine Tochter in Ihrer Obhut. Tun Sie, als wäre sie Ihre Tochter …‹ Die Ärmste! Genau das hat sie zu mir gesagt; sie war außer sich. ›Ich gehe fort und weiß nicht, wann ich zurückkommen darf. Aber so ist es am besten …‹«

Sarti Antonio genügt das nicht. Er fragt: »Warum war es so am besten?«

»Sie hat nichts weiter gesagt, die Ärmste. Sie hat geweint, nichts als geweint.«

Hauptkommissar Raimondi schwingt sich wieder zum Herrn der Lage auf: »Wer ist Giorgio Celli?«

»Ein armer Kerl, würde ich sagen. Nicht weil er nie in die Kirche kommt, sondern weil ein Mann, der keine Arbeit hat, der wie ein Einsiedler lebt, der keine Freunde hat, der stundenlang vor der Haustür sitzt und die Peitsche knallen läßt, der sich einmal in der Woche betrinkt, der ...«

Und wer weiß, wie viele Relativsätze der Priester noch angefügt hätte, wenn ihn Hauptkommissar Raimondi nicht unterbrochen hätte. »War er nicht mit den beiden befreundet, die umgebracht wurden?«

»Doch. Die einzigen Leute, mit denen er überhaupt Beziehungen unterhalten hat, waren ausgerechnet diese beiden.«

»Von welcher Art waren diese Beziehungen? Ich meine: Wie kommt es, daß drei so unterschiedliche Männer miteinander Umgang pflegten?«

»Das habe ich nie verstanden. Offen gesagt, habe ich das nie verstanden.«

»Giacinto Gessi hat Ihnen nie etwas über Giorgio Celli erzählt?«

»Manchmal habe ich versucht, mit ihm darüber zu reden, aber Cintino hat immer das Thema gewechselt. Er hat nur zu mir gesagt: ›Er ist ein braver Junge. Er ist ein braver Junge.‹«

»Was haben sie gemacht, und wohin sind sie gegangen, wenn sie sich getroffen haben?«

»Manchmal zu Giorgio Celli ...«

»In die Dunkelheit?«

»In die Dunkelheit. Oder, wie das letzte Mal, als sie sich getroffen haben, da sind sie hinaus zum Pilzesammeln oder auch nur so herumspaziert, ohne ein Ziel. Nur, um sich zu unterhalten.«

»Worüber?«

Der Pfarrer zuckt die Achseln. Es scheint, als wäre Hauptkommissar Raimondi fertig. Seine Augen glänzen noch immer vor lauter Seligkeit.

Kommissar Sarti will unbedingt die Quelle eines so großen Glücks kennenlernen und wissen, was er aus diesen Reden herausgehört hat, denn er, Sarti Antonio, ist immer noch am gleichen Punkt wie zuvor.

Sie gehen.

»Bring mich zum Doktor.«

Vor der Praxis bleibt Sarti stehen und zeigt auf die Tür. Die gleiche Geschichte mit der Vorstellung, und die erste Frage von Hauptkommissar Raimondi: »Was halten Sie, in klinischer Hinsicht, von Giorgio Celli?«

»Nichts!«

»Was heißt ›nichts‹?«

»Nichts, weil ich niemals das Vergnügen hatte, ihn zu untersuchen. Es sieht so aus, als hätte er eine eiserne Gesundheit …«

»Haben Sie niemals Gelegenheit gehabt, ihn zu treffen, mit ihm zu sprechen?«

»Der redet mit niemandem. Wenn er einem begegnet, grüßt er einen mit einem Kopfnicken und einem Lächeln. Er lächelt alle an, aber er sagt kein Wort.«

»Er scheint mir ein armer Tropf zu sein …«

»Das kommt auf den Standpunkt an. In seinen Augen sind wohl Sie und ich arme Tröpfe.«

»Der Pfarrer hat mir gesagt …«

Diesmal bekommt Raimondi einen Schlag direkt ins Gesicht, denn der Arzt sagt zu ihm: »Bravo! Wenn Sie mit dem Pfarrer gesprochen haben, sind Sie schon bedient! Wer ist als nächster dran?« Und er läßt den Kranken eintreten, der an der Reihe ist. Daraufhin können die beiden Polizisten sich nur empfehlen. Das tun sie.

Während sie in die Stadt zurückfahren, fragt Sarti: »Und jetzt?«

»Er« lächelt ihn so an, daß Sarti Lust bekommt, die Tür zu öffnen und »ihn« in eine Schlucht zu stoßen und hinterher zu erzählen, daß »er« ihm unterwegs abhanden gekommen sei.

»Es ist doch alles ganz klar, Herr Kommissar. Glaubst du nicht? Die Freundschaft dieser drei ist dubios: Ich schließe nicht aus, daß auch der Doktor mit drinsteckt, da seine Moral, gewissermaßen, so sehr zu wünschen übrig läßt... Und er scheint mir wirklich der vornehme, große und immer sehr elegante Typ mit den grauen Haaren zu sein, von dem Clara erzählt hat. Es geht darum, Clara ein Foto vom Doktor zu zeigen und ihre Reaktion abzuwarten.«

In der Tat hat Sarti nie an eine solche Lösung gedacht. Das wäre ja nun wirklich der Gipfel! Kaum kommt Hauptkommissar Raimondi daher, stellt da und dort ein paar Fragen, und schon ist der Fall gelöst! Verbrechen aus Leidenschaft, ja, aber unter Männern, die wenig Moral haben und aufeinander eifersüchtig sind. Auch Giorgio Celli »Peitsche« spricht die Wahrheit, wenn er behauptet, er wisse nicht, wer versuchen würde, ihm den Garaus zu machen, weil der Doktor (wenn die Dinge so liegen, wie »er« vermutet) der heimliche Freund von Giacinto Gessi war. Der jedoch seine Beziehung mit dem Doktor selbst vor seinen Busenfreunden – Mandini Gaetano, dem »Gockel«, und Giorgio Celli, der »Peitsche« – geheimgehalten hätte. Herrgott, was für ein Kuddelmuddel!

Er sollte seinen Abschied als Kommissar einreichen und bei einem Bäcker als Gehilfe anfangen. Es ist nie zu spät. Im Grunde seines Herzens hofft Kommissar Sarti aber, daß es nicht so kommt.

Raimondi fährt fort: »Ich bin mir auch sicher, daß der Pfarrer weiß, wer der geheimnisvolle Freund von Gessi war. Aus welchem Grund hätte er den Arzt ›einen Mann ohne Moral‹ genannt, wenn er nicht wüßte, daß er der Liebhaber des Toten war? Ich werde zusehen müssen, daß der Bischof sich einschaltet.«

»Der Bischof?«

»Ich denke, daß der Bischof, gewissermaßen, keine Schwierigkeiten haben wird, sich vom Pfarrer den Namen des Mannes nennen zu lassen, der mit Gessi in der Via Solferino 10 verkehrt hat – selbst wenn es sich um ein Beichtgeheimnis handeln sollte. Wir werden sehen, wir werden sehen, wie weit die Unmoral eines solchen Doktors ohne Moral geht!«

Sarti Antonios Bauchkrämpfe sind heftiger geworden. Er braucht bald ein Klo. Am besten das zu Hause.

Die Geschichte geht weiter …

Kommissar Sarti ist nicht dabei, als Hauptkommissar Raimondi sich in die Via Solferino 10 begibt, bei Clara »Butter«, Zimmervermieterin, läutet und ihr eine schöne Fotografie des Arztes unter die Nase hält. Sarti ist nicht dabei, weil die Kolitis ihm, wie er sagt, keine Ruhe läßt. Aber der eigentliche Grund ist, daß er keine Lust hat, Zeuge des Lächelns und der Freudentränen zu werden, die »er« auf dem Gesicht haben wird, wenn Clara »Butter« zu »ihm« sagt: »Ja, ja! Genau dieser Typ ist es, der mit Giacinto Gessi hierhergekommen ist. Genau dieser Typ ist es. Wenn ich einmal jemanden gesehen habe, vergesse ich ihn nicht mehr, vergesse ich ihn nicht mehr.«

Aber die Dinge laufen nicht unbedingt so ab, wie Sarti es sich vorstellt.

Clara sagt nämlich: »Nein, nein! Ich bin mir sicher, daß er das nicht ist! Er sieht ihm überhaupt nicht ähnlich, überhaupt nicht ähnlich. Außerdem hat der da einen Bart, jawohl!«

»Lassen Sie den Bart aus dem Spiel, Signora! Ein Bart kann, gewissermaßen, in drei Tagen wachsen … Sehen Sie sich das Gesicht an, die Augen, die Nase …«

Clara schüttelt weiter den Kopf. »Nein, nein! Ich bin mir sicher, daß er das nicht ist! Die Augen vielleicht … Und auch die grauen Haare … Aber die Nase! Nein, nein! Ich bin mir sicher, daß er das nicht ist!«

Hauptkommissar Raimondi geht und wirft die Tür hinter sich zu, während Clara ihm noch nachruft: »Kommen Sie wieder, kommen Sie ruhig wieder, wann immer Sie wollen, mein Lieber.«

Deshalb ruft Raimondi Cesare Sarti Antonio zu sich und sagt: »Diese dumme Kuh würde, gewissermaßen, ihren eigenen Vater nicht wiedererkennen. Schaut dauernd auf den Bart! ›Die Nase ist nicht er!‹ Man braucht nicht viel, um die Form einer Nase zu verändern: zwei Stückchen Watte, und fertig ist sie, gewissermaßen … Jedenfalls braucht man handfeste Tatsachen, und die werden wir herausbekommen. Du mußt mir die Bewegungen des Arztes vor den beiden Morden und unmittelbar danach überprüfen; du fragst bei der Ärztekammer nach; du fragst seine Frau, ob ihr Mann besondere Neigungen hat … Ich würde mich nicht wundern, da er sich ja, gewissermaßen, gar nicht aufregt, wenn sie sich mit anderen Männern vergnügt. Dann gehst du zurück und suchst diesen Schwachkopf auf, der kein Licht im Haus hat, und bringst ihm bei, daß der Liebhaber von Giacinto Gessi der Arzt sein könnte … Immer muß ich dir, gewissermaßen, alles sagen … «

Sarti Antonio ist schon im Begriff zu gehen, da fragt er »ihn«: »Und der Bischof?«

Raimondi Cesare gibt keine Antwort. »Er« schüttelt nur den Kopf und starrt auf die über den Tisch verstreuten Papiere: Vielleicht sind es die Berichte anderer Polizisten ohne Initiative. Genau wie Kommissar Sarti.

Als Sarti geht, lächelt er. Unten auf der Straße lädt er mich zu einem Kaffee ein: »Zweimal Espresso, aber einen zünftigen!« Er drückt mir auch die Hand, als er in den Fiat 850 einsteigt. Nicht, daß ich weggehe (ich lasse ihn keinen Augenblick allein), sondern nur so, vor lauter Glück, weil er keine Kolitisschübe mehr hat und weil Hauptkommissar Raimondi eine erbärmliche Figur abgegeben hat.

In diesen Tagen, als er in seiner Wohnung krank geschrieben war, hat er, vielleicht auf dem Klo, in Ruhe über all das nachdenken können, was ihm so passiert ist, und wie immer die Dinge weitergehen – er, Kommissar Sarti, hat seine Pflicht getan. Und wenn nicht einmal ein Hauptkommissar durchblickt...

Von zu Hause aus ruft er in Pieve del Pino an, und am anderen Ende der Leitung ist die Frau des Doktors. Genau so sollte es auch sein, denn er hat bewußt die Zeit gewählt, in der er, der Arzt, in der Praxis bei seinen Patienten zu sein hat.

Es antwortet ihm also wirklich das Superweib von zwanzig Jahren. Sie sagt: »*Pronto*?«

»Hier ist Sarti...«

»Wer?«

»Kommissar Sarti Antonio. Ist Ihr Mann da?«

»Nein. Er ist in der Praxis. Soll ich ihn holen, Herr Kommissar?« Sie sagt »Herr Kommissar« und lächelt dabei – jede Wette!

»Ich brauche den Doktor nicht. Ich muß mit Ihnen sprechen. Kommen Sie nicht einmal zufällig in die Stadt?«

Noch ein kurzes Schweigen, und dann entscheidet sich das Superweib für folgende Antwort: »Ich komme jeden Tag oder fast jeden Tag...«

»Können wir uns morgen sehen?«

»Wo?«

Ja, richtig, wo denn? Er wagt es: »Bei mir zu Hause.«

Das Superweib zögert keinen Augenblick und antwortet: »Ich bin morgen um zehn bei Ihnen. Ihre Adresse, bitteschön ...«

Er gibt sie ihr. Der Gedanke, diese Frau bei sich im Haus zu haben, morgen früh um zehn, versetzt ihm einen Stich in die Magengegend ... Genau wie bei einem, der zum ersten Mal auf ein Liebesabenteuer aus ist. Aber vor allem ist es die Tatsache, daß dieses Superweib nicht die Fassung verloren hat, als er zu ihr sagte: »Bei mir zu Hause«.

Vielleicht kommt sie ja in Begleitung ihres Mannes ohne Moral, der diesen beiden zuschauen will!

Sarti Antonio ist auf alles gefaßt, nur nicht darauf, daß sie sich, sobald sie eingetreten ist, die Schuhe auszieht.

Sie ist allein und sagt: »Ich kann Schuhe nicht ausstehen. Ich laufe den ganzen Tag barfuß herum ...«

Sie hat ein Baumwollkleidchen an, das tiefe Einblicke gewährt: Ihr Busen ist eine Pracht. Genauer besehen, muß sie doch älter sein als die zwanzig Jahre, die er ihr beim erstenmal zuerkannt hat. Aber sie ist trotzdem ein Superweib. Sie setzt sich und fragt: »Und?«

»Jetzt mache ich einen Kaffee.« Aber Sarti rührt sich nicht von der Stelle; er sieht sie unverwandt an.

»In Ordnung: Ich trinke gern einen Kaffee.«

Er rafft sich auf und geht in die Küche. Als er ihn bringt, hat sie sich bereits eine Zigarette angezündet. Kommissar Sarti kann Rauch nicht ertragen, aber das sagt er ihr nicht.

An dieser Stelle müßte er sie, nach meiner Auffassung und nach der sämtlicher Sexualtheoretiker, küssen, ohne weitere Zeit zu verlieren. Aber offensichtlich ahnen wir, ich und die anderen Sexualtheoretiker, nichts von dem

Stich in der Magengegend, den Sarti verspürt. Er trinkt seinen Kaffee wie sie den ihren.

»Und jetzt?« Jetzt gibt es keinen Kaffee mehr, der ihn zurückhalten könnte: Was bleibt, ist dieser wunderbare Busen unter dem gespannten Baumwollstoff des Kleidchens. Plötzlich ist der Stich wie weggeblasen.

Schnell sagt er: »Reden wir gleich darüber oder danach?«

Sie drückt die erst halb gerauchte Zigarette aus: »Reden wir danach.«

Es ist geschafft. Wie im Kino!

Danach hat Kommissar Sarti das Gefühl, nicht ganz auf der Höhe gewesen zu sein: Das ist die Sorge, die uns alle umtreibt, wenn wir per Zufall einer Neuen begegnen. Er sagt: »Ist es eine Enttäuschung gewesen? Wie mit Mandini Gaetano?«

Sie schüttelt den Kopf und legt ihm einen Finger auf die Lippen. Sie lächelt ihn auch an. Dann zieht sie den Zipfel des Bettuchs über ihren schönen Busen.

»Was sagt dein Mann dazu?«

»Nichts.«

»Er nimmt es sportlich ...«

»Nein! Er weiß, wie es auf der Welt zugeht ...«

»Das ist alles?«

»Was denn noch? Ich gehe ihm ja auch nicht auf den Geist wegen seiner Abenteuer ...«

Sarti unterbricht sie, weil dies der richtige Moment ist: »Womöglich mit Männern ...«

Sie lacht so laut los, daß Sarti sicher ist, daß der Nachbar es hört.

»Nein?«

»Nein! Ihm haben die Frauen immer gefallen ...«

Er sieht sie an und kommt zu dem Schluß, daß es wirklich stimmt. Aber diesen Doktor, den versteht er nicht. Und er sagt das auch: »Es macht ihm nichts aus, wenn du mit anderen Männern gehst. Es ist ihm egal, wenn man das überall weiß. Es ist ihm schnuppe, wenn man ihn für unmoralisch hält... Was ist für den überhaupt wichtig?«

»In seinem Beruf so gut wie möglich zu sein; neben sich einen Menschen zu haben, der ihn lieb hat...«

»Dich?«

Sie nickt: »Er will diejenigen, die um ihn herum sind, nicht belasten, und er will sich auch selbst nicht belasten. Er will den anderen die Möglichkeit lassen, nach ihren Bedürfnissen zu leben, und selbst nach seinen eigenen leben«

Kommissar Sarti beginnt den Arzt zu hassen: »Ein perfekter Ehemann.«

Sie lächelt immer noch und sagt: »Er ist ein Mann, der viele Dinge verstanden hat, und das genügt ihm.«

»Ein Typ also, der nicht durch die Gegend rennt und den Liebhabern seiner Frau den Schädel einschlägt...«

Sie nickt. Sie sagt überhaupt nicht viel. Das, was notwendig ist, und basta.

Kommissar Sarti fragt: »Wirst du ihm von heute erzählen?«

Sie nickt. Eine schöne Bescherung: Mit was für einem Gesicht kann Sarti Antonio jetzt dem Arzt morgen oder übermorgen gegenübertreten? Der ist womöglich imstande, ihn zu fragen, ob er zufrieden ist oder irgendwelche Klagen hat.

Er weiß nicht mehr, was er sagen soll: »Noch einen Kaffee?« Das ist das einzige, was ihm einfällt. Und dann geht er hinüber in die Küche, ohne ihre Antwort abzuwarten. Der

Kaffee ist eine gute Sache: Er erlaubt einem zu schweigen, während man ihn trinkt, an seine eigenen Angelegenheiten zu denken und an das, was einem so gerade widerfährt. Er hilft einem aus peinlichen Situationen heraus. Er gibt einem Zeit, seine Gedanken neu zu ordnen und neue Fragen vorzubereiten.

Wie etwa diese: »Hat er den Bart schon länger?«

Sie schüttelt ihren schönen Kopf: »Seit ein paar Monaten ungefähr.«

»Warum hat er beschlossen, sich einen Bart wachsen zu lassen?«

»Das habe ich ihn nicht gefragt.«

Diese Sache mit dem ungefähr zwei Monate alten Bart (er stammt also aus der Zeit, als die erste Leiche gefunden wurde) wird Hauptkommissar Raimondi aber freuen!

Sarti beschließt, eine Weile nicht mehr an den Fall zu denken: Er hat die Frau da und versucht, sie nicht zu enttäuschen, zumindest nicht diesmal.

Dann gehen die Dinge wie von selbst weiter, und Sarti macht sich keine Sorgen mehr, daß er nicht auf der Höhe war.

Es ist fast ein Uhr, als das Superweib geht. Und ihn allein läßt, damit er an viele Dinge denken kann, an schöne oder an häßliche.

Vielleicht kommt morgen der Doktor, vornehm, groß, graue Haare, zwei Monate alter Bart, stets sehr elegant, läutet dort, wo er den Namen Sarti findet, tritt ein, schlägt ihm mit einem Stein den Schädel ein und fährt zurück zu seinen Kranken:

»Der nächste bitte ...«

Die Geschichte geht weiter … und scheint fast an ihr Ende gelangt zu sein …

Als er aus dem Schlaf gerissen wird, ist es ungefähr sechs Uhr. Am Telefon sagt Hauptkommissar Raimondi: »In zehn Minuten schicke ich dir das Auto vorbei. Mach dich fertig.«

»Wohin geht es?«

»Mach dich fertig.«

»Sie, Herr Hauptkommissar, schlafen wohl nie?«

»Und du schläfst zuviel.«

Sarti macht sich fertig, und als es läutet, ist er schon draußen und sperrt gerade die Tür zu. Wie üblich erinnert er sich nicht, ob er, nachdem er sich einen Espresso gemacht hat (einen guten Espresso), den Gashahn zugedreht hat oder nicht. Er muß noch einmal nachsehen, sonst hat er keine Ruhe.

Er hat ihn zugedreht, wie üblich.

Unten steht Wagen 28, und am Steuer sitzt Hilfskommissar Felice Cantoni. Er fragt: »Wie geht's?«

»So lala. Es geht wieder los.« Sarti mustert sein Gesicht: »Das Krankenhaus hat dir gutgetan: Du hast zugenommen.«

»Das behauptet meine Frau auch.«

»Und dein Kopf?«

»In Ordnung: Nur daß ich jetzt mehr rauche. Drei Zigaretten am Tag, und mir kommt es vor, als hätte ich einen Löwen im Bauch: das Magengeschwür... Diese Schwestern, im Krankenhaus, haben mich verrückt gemacht!«

Kommissar Sarti steigt ein und fragt: »Wohin fahren wir?«

Felice Cantoni antwortet nicht, sondern sagt: »Hast du die Pistole dabei?«

Sarti reißt die Augen auf: »Wozu?«

»›Er‹ sagt, daß du die Pistole mitnehmen mußt...«

»Spinnt der?«

»›Er‹ sagt, du mußt die Pistole mitnehmen...«

Sarti steigt aus und geht wieder ins Haus: Irgendwo, in irgendeiner Schublade, liegt die Pistole, er muß sich bloß erinnern, wo. Schließlich findet er sie: In der Schublade, in der er seine Taschentücher und Socken aufbewahrt.

Er steckt sie in seine Tasche und geht wieder hinaus: »Wer weiß, ob ich das Licht ausgemacht habe in meinem Zimmer.«

Diesmal ist es ihm egal. Sie fahren los in Wagen 28, Felice Cantoni wieder am Lenkrad.

Sarti fragt noch einmal: »Wohin fahren wir?«

»Zum Schießplatz. Weiter weiß ich nichts. Auch ich habe meine Pistole mitnehmen müssen, stell dir vor...«

Wenn ich jemanden kenne, der Waffen haßt, dann ist es Kommissar Sarti: Er kann ihren Anblick nicht ertragen. Der Lärm von Schüssen verursacht ihm Übelkeit, und der Geruch des verbrannten Pulvers macht ihn schwindelig. Trotzdem ist er Kommissar bei der Polizei.

Auf dem Schießplatz sind sie zu achtzehnt: Allesamt Leute von Hauptkommissar Raimondi.

»Ihr habt aber lang gebraucht… Wir haben nur noch auf euch beide gewartet.« Und »er« marschiert los.

Die anderen folgen: Sie sehen einander an, und es ist klar, daß keiner weiß, um was es geht. Sie folgen ihrem Chef und warten.

Der fängt wieder an: »Eure Waffen sind eingerostet. Seit Jahren habt ihr sie nicht benutzt. So kommt es, daß sie, wenn ihr sie einmal benutzen müßt, gewissermaßen, wenn ihr sie braucht, nicht funktionieren oder ihr nicht damit umgehen könnt. Und deshalb, gewissermaßen, werden die Polizisten erschossen, und die Verbrecher kommen ungeschoren davon. Von jetzt an treffen wir uns einmal im Monat hier – ich will eine effiziente Mannschaft haben.« Und da sie inzwischen angekommen sind, zieht »er« seine Pistole heraus und beginnt, auf einen Pappkameraden zu ballern. Es macht einen Höllenlärm.

Die anderen schauen sich immer noch an, und alle denken, daß bei »ihm« eine Schraube locker sein muß. Oder »er« hat sich irgendeinen Spionagefilm angeschaut…

»Jetzt sehen wir uns, gewissermaßen, einmal euch an.«

Abwechselnd versuchen es alle, und in der Zwischenzeit stellt Kommissar Sarti fest, daß er zwar die Pistole mitgenommen, aber das, was hinein und zum Schießen dazugehört, vergessen hat. Er fragt herum, ob irgend jemand ihm ein überzähliges Magazin verkaufen könnte. Als er es hat, ist er auch schon an der Reihe. Er lädt durch.

Hauptkommissar Raimondi lacht ihm ins Gesicht: »Trägst du sie normalerweise ungeladen in der Tasche herum, Herr Kommissar?«

»Ich trage sie überhaupt nicht in der Tasche herum! Ich halte sie zu Hause, möglichst gut versteckt: Ich kann sie nicht ausstehen, und wenn ich sie in die Hand nehme, wird mir übel ...«

»Schieß, Herr Kommissar, schieß!« Sarti schießt, und »ihm« zum Trotz möchte er gern jedesmal ins Schwarze treffen. Aber daraus wird leider nichts.

Am Ende, als er das ganze Magazin geleert und die Wut infolge dieser Geschichte sich entladen hat, fragt er: »Kann ich gehen?« Er geht, ohne die Antwort abzuwarten.

Der Typ, der ihm die Patronen gegeben hat, läuft ihm nach und sagt: »Das sind tausendzweihundert Lire ...«

»Was?«

»Die Patronen, die ich dir verkauft habe.«

Sarti bezahlt und setzt sich in Wagen 28, weit von dem Lärm der Schüsse und dem Geruch des verbrannten Pulvers entfernt. Um seinen Magen wieder in Ordnung zu bringen, bräuchte er jetzt einen guten Kaffee.

Hilfskommissar Felice Cantoni kommt hinzu, und sie fahren los; Felice beglückwünscht ihn: »Du hast sechs- von neunmal ins Schwarze getroffen: kein übles Ergebnis!«

»Und ›er‹?«

»Neun- von neunmal: ›Er‹ trifft ziemlich gut.«

»Das freut mich.«

Sarti fügt nichts weiter hinzu. Man hat ihn den Tag schlecht beginnen lassen. Wenn er daran denkt, wie gut der gestrige geendet hat, mit diesem Superweib ... »Wohin fahren wir?«

»Wohin du willst!«

Er überlegt es sich. Vielleicht auch nur Raimondi Cesare zum Trotz beschließt er, Rosas' Rat zu befolgen: »Nach Pieve del Pino! Es ist an der Zeit, uns diese wundertätige Quelle einmal anzuschauen.«

Er kann nicht beim Doktor auftauchen und »Guten Tag!« sagen, als wäre nichts geschehen, deshalb erscheint er beim Apotheker. Die Glocke, die seit wer weiß wie vielen Jahrhunderten über der Tür hängt, erfüllt jedesmal, wenn sich die Glastür öffnet, ihre Aufgabe, und der kleine, magere Typ mit der runden Brille und den dicken Gläsern sagt: »*Buongiorno*«, ohne den Blick von seinem Papierkram zu heben. Er streckt die Hand über dem Ladentisch aus, um das Rezept in Empfang zu nehmen.

Sarti drückt sie kräftig und sagt: »Sehr erfreut: Sarti Antonio, Kommissar.«

Der Apotheker zuckt zusammen, wie immer: »Wollen Sie ... wollen Sie meine Frau?«

»Nein, danke, die brauche ich nicht mehr. Ich habe Bauchschmerzen ...«

»Sie brauchen ... Sie müßten zum Arzt gehen ...«

»Bereits getan. Er hat mir ein wenig Schwefelwasser empfohlen. Haben Sie es da?«

Der andere antwortet nicht, vielleicht weil er noch nicht begriffen hat, daß Sarti witzig sein will. Ich habe es schon gesagt: Man braucht eine Weile, bis man den Humor des Kommissars versteht.

»Sie haben es nicht! Wie schade! Dann sollten Sie mich zur Quelle begleiten.«

»Aber ... aber das ist sehr weit. Es dauert, bis man dort ist.«

»Gut so, dann bekommen wir auch gleich etwas frische Luft ab.«

»Und die Apotheke?«

»Ihre Frau. Oder haben Sie kein Vertrauen, wenn Sie sie allein lassen? Sie brauchen sich keine Sorgen zu machen:

Der Gockel des Dorfes kann nicht mehr in anderer Leute Hühnerstall herumpicken.«

Das Männlein zieht den weißen Kittel aus und ruft seine Frau.

»Jaaaa!« Die Frau kommt und hat ein großes Pflaster auf der Stirn.

»Sind Sie ausgerutscht?« Sie schenkt Sarti ein zauberhaftes Lächeln und zwinkert ihm hinter den Brillengläsern zu.

Sie fahren mit Wagen 28 so weit, wie Wagen 28 fahren kann, und dann gehen sie ein gutes Stück zu Fuß weiter.

Ich muß euch wirklich erzählen, wie die Gegend aussieht, weil sie mir schon auf den ersten Blick so gut gefallen hat. Also: eine enge Schlucht zwischen zwei Bergen, die grün sind vor lauter Bäumen und Moos; ein klarer Bach, der die kantigen Steine am Grund blank wäscht; kein Geräusch ringsum, nur das des Wassers, das sich zwischen den abgefallenen Zweigen und den trockenen Blättern seinen Weg ins Tal sucht; eine feuchte Atmosphäre, die die Lungen mit Frische und Leben füllt; am Ufer des Bachs, an der Flanke des Berges, tritt ein Wasserstrahl aus. Er färbt die Erde dunkel und stürzt nach unten, um sich in den Bach zu ergießen, der von weiter oben kommt: Das ist das Schwefelwasser. Rund um den Wasserstrahl, seit wer weiß wie vielen Jahrhunderten und wer weiß von welchen Händen aus dem Felsen gegraben, gibt es einen ziemlich breiten Platz, auf dem man zu fünft oder sechst stehen kann. Man kann sich auch hinsetzen, wenn man will, weil jemand große und glatte Steine hier heraufgebracht hat. Und es gibt eine Menge Moos: Moos überall und ein Geruch nach Schwefel oder vielmehr nach faulen Eiern.

Der Apotheker verkündet: »Hier ist es.«

»Das sehe ich.« Auf einer natürlichen Konsole neben der Quelle stehen Aluminiumbecher in einer Reihe: fünf oder sechs.

Kommissar Sarti nimmt einen und trinkt: Zunächst schmeckt er gar nichts, aber sobald das Wasser in seinem Magen ankommt, hat er den Mund voller fauler Eier; doch es ist nicht unangenehm. Er trinkt weiter und sagt: »Gut! Probier mal, Felice.«

Hauptkommissar Felice Cantoni kostet davon, spuckt aber gleich wieder aus: »Widerlich!«

»Sie trinken nicht? Man hat mir gesagt, daß Sie oft hierherkommen und sich Vorräte davon anlegen …«

Auch das Männlein leert ein paar Becher vor den weit aufgerissenen Augen von Felice Cantoni: »Aber wie könnt ihr das nur trinken?« Und um sich zu trösten, zündet er sich eine Zigarette an.

»Wirf dieses Zeugs weg! Willst du die Luft hier unbedingt verpesten?«

Cantoni drückt die Zigarette aus und schiebt sie in seine Tasche. Kommissar Sarti blickt sich um. Unten, in Richtung Tal, zwanzig, dreißig Meter von der Quelle entfernt, bildet der Bach einen Wasserfall, und der Pfad, der sie bis hierher geführt hat, endet genau am Rand: fast eine Einladung, dorthin zu gehen und sich einmal umzuschauen. Und Sarti geht. Er gelangt zu der Stelle, wo der Pfad abrupt endet, weil das Gelände zwanzig Meter steil abfällt: der Wasserfall. Unten setzt der Bach seinen Weg fort und verliert sich irgendwo im trockenen und grünen Gezweig. Sonst nichts außer den steilen Bergwänden, die die Schlucht von beiden Seiten einengen.

Und jetzt?

Jetzt ist Kommissar Sarti genauso schlau wie vorher. Ihm steigt der Geschmack des Wassers in den Mund. Er sagt: »Ein schönes Plätzchen. Ein schönes Plätzchen und ein gutes Wasser. Meinen Sie nicht?«

Der Apotheker stellt die Aluminiumbecher zurück auf die Konsole und macht sich auf den Rückweg ins Dorf.

»Gehen Sie zu Fuß?«

»Ja, es gibt eine Abkürzung. Ich gehe zu Fuß zurück: Meine Frau könnte mich brauchen. Das also ist der Ort: Sie können hierbleiben, solange Sie wollen, Herr Kommissar. Niemand wird Sie hier stören.«

Und er geht tatsächlich.

»Und jetzt?«

Felice Cantoni zuckt mit den Achseln: »Wenn nicht einmal du das weißt, Herr Kommissar!«

Er selbst weiß wirklich gar nichts. Er setzt sich hin und läßt wieder die Blicke schweifen in der wunderbaren Stille dieses Orts. Einer Stille, die genau dreizehn Sekunden dauert.

Dann brüllt nämlich Rosas von irgendwoher: »Es war Zeit, Kommissar, daß du dich hier mal blicken läßt!«

Kommissar Sarti und Hilfskommissar Felice Cantoni springen auf und suchen die Gegend ab. Keine Menschenseele ist zu sehen. Rosas hat wie üblich mit seinem Gepfeife angefangen, und Sarti versucht angestrengt, herauszufinden, von wo es kommt. Es scheint vom Grund des Wasserfalls heraufzutönen, und er schaut wieder dorthin, wo der Bach zwanzig Meter nach unten stürzt. Es ist niemand zu sehen, aber Rosas' Gepfeife kommt wirklich von dort unten.

»Wo bist du? Darf man das erfahren?«

»Hier unten! Rechts von dir ist ein Seil, Kommissar. Versuch, dich herunterzulassen!«

Das Seil ist da, und er, Kommissar Sarti, hatte es bis dahin nicht bemerkt. Das Seil baumelt nach unten und verschwindet hinter einem großen Felsblock. Sarti seilt sich ab; er verletzt sich dabei die Hände und flucht wie ein Bierkutscher: »Du hättest eine Leiter mitbringen können!«

»Und warum nicht gleich einen Aufzug? Damit wäre es bequemer und weniger strapaziös.«

Sarti landet am Fuße eines vorspringenden Felsens, wo er Rosas antrifft, etwa auf halbem Wege zwischen dem Scheitel und dem Fuß des Wasserfalls.

Genau unterhalb des Felsens befindet sich – was man von oben nicht sieht – eine plattformähnliche Einbuchtung sowie eine Öffnung. Und dort ist auch Rosas: Rosas in Begleitung der Gerte, der leichtgeschürzten jungen Dame. Diesmal ist sie verhüllt von einem Wollpullover mit Rollkragen. Auf Taillenhöhe allerdings sieht man ihr Fleisch. Darunter ist sie nackt, und sie trägt wohl auch keinen Büstenhalter.

»Was macht ihr zwei denn hier?«

»Wir haben auf dich gewartet, Kommissar. Seit gestern.«

»Seit gestern?«

»Irgendwann würdest du ja hier aufkreuzen.«

Die Gerte wiederholt: »Irgendwann ....«

Rosas betritt die natürliche Höhle.

Von oben ruft Felice herunter: »Brauchst du mich, Herr Kommissar?«

Sarti antwortet nicht, weil er noch nicht ganz da ist: Er hat die Situation noch nicht erfaßt.

Die Gerte neben ihm wiederholt mit leiser Stimme: »Brauchst du mich, Herr Kommissar?«

Sarti schreit, und es ist nicht klar, ob er Felice oder die leichtgeschürzte Gerte meint: »Nein!«

Und er geht zu Rosas: »Seid ihr die ganze Nacht hiergewesen?« Rosas zeigt ihm die Reste eines Feuers. Sie sind die ganze Nacht hiergewesen!

»Warum?« Er weiß genau, was die beiden die ganze Nacht gemacht haben, aber er erkundigt sich trotzdem danach.

Rosas enttäuscht ihn: »Um ein Verzeichnis von all den Dingen zu erstellen, die wir gefunden haben ...« Und er liest von einem Blatt ab: »Ein Holztisch, fünf Rohrstühle, Flaschen, Gläser, Strohsäcke, Maschinenpistole, leichtes Maschinengewehr ...«

»Ein Maschinengewehr? Das ist ja ein ganzes Arsenal!«

Rosas fährt fort: »Ein leichtes Maschinengewehr aus dem letzten Krieg, vier deutsche Maschinenpistolen MP 40, Munition für die bereits erwähnten Waffen, einhundertvier Handgranaten, achtzehn leere Flaschen, etwa zwanzig Strohsäcke, Küchenutensilien für mehrere Personen, eine Kiste mit folgendem Inhalt: eine Million und sechshunderttausend Lire in der Valuta von 1940, topographische Karten der Gegend, Passierscheine in deutscher Sprache mit Stempeln des SS-Kommandos, ein paar Sachen aus Gold und Silber, ein wenig Wäsche und Ersatzteile für ein Funkgerät. Sonst nichts.«

Er hält Kommissar Sarti das Blatt hin; der nimmt es, bevor er sich auf einen der fünf Rohrstühle setzt, die in der großen natürlichen Höhle unter dem Bach und unter der Quelle mit dem schwefelhaltigen Wasser stehen. Diesem verdammten schwefelhaltigen Wasser.

Die Geschichte geht weiter ... und scheint fast an ihr Ende gelangt zu sein ... Auch der Name des Mörders scheint festzustehen ...

»Brauchst du was, Herr Kommissar?« Sarti Antonio hört es fast nicht: Er hält das Blatt in der Hand und blickt verdattert um sich. Der Ärmste! Aber ich möchte euch sehen!

Die Gerte wiederholt es ihm direkt ins Ohr: »Brauchst du was, Herr Kommissar?« Er würdigt sie keines Blickes.

Hilfskommissar Felice Cantoni steht da oben und ruft weiter: »Herr Kommissar!«

»Laß mich in Ruhe!«

»Soll ich hier warten?«

»Warte dort! Wohin willst du? Warte dort! Herrgott noch mal! Und laß mich erst mal in Ruhe!« Sarti denkt laut nach: »Ich möchte wissen, was diese Geschichte bedeutet ...«

Und die Gerte: »Sie möchten wissen, was diese Geschichte bedeutet? Erklär es ihm.«

Sarti hat sich die Antwort schon zurechtgelegt. Er dreht sich um, aber die Gerte hat sich soeben den dicken Wollpullover mit dem Rollkragen ausgezogen und steht jetzt mit nacktem Busen da und wäscht sich zwei Meter neben ihm das Gesicht. Dem Kommissar ist entfallen, was er ihr sagen wollte.

Er verzichtet und fängt wieder an, laut mit sich selbst zu reden: »Die Sache muß also so abgelaufen sein: Giacinto Gessi, Gaetano Mandini und Giorgio Celli kommen zur Quelle. Man weiß nicht, wie, aber einer der drei hat diesen Ort entdeckt...«

Rosas fällt ihm ins Wort: »Wie sie ihn entdeckt haben, kann dir Giorgio Celli verraten...«

Aber Sarti Antonio hat ihn gar nicht gehört: »...einer der drei hat diesen Ort entdeckt, der im Krieg irgendeiner Partisanenbrigade als Versteck gedient haben muß.«

»Bravo!«

Diesmal hat Sarti Antonio eine freundliche Antwort für sie parat: »Mein Kind, warum läßt du dich nicht ficken?«

Die Gerte antwortet: »Schon geschehen, Blondi. Schon geschehen.« Sie schlüpft wieder in den dicken Wollpullover mit dem Rollkragen und lacht ihm ins Gesicht. Er wendet sich von ihr ab.

»Bist du noch da, Herr Kommissar?«

Sarti Antonio bekommt eine Wut auf Felice und brüllt, daß ihm die Kehle weh tut: »Nein! Ich bin nicht mehr hier! Willst du mich jetzt endlich in Ruhe lassen?«

Rosas hat wieder mit dem Pfeifen angefangen; er sitzt vor dem Eingang zur Höhle und läßt die Beine über den Abgrund baumeln. Die Gerte setzt sich Sarti gegenüber hin, die Ellbogen auf den Tisch, das Gesicht in die Hände gestützt, und sieht ihn an.

»Wenn die Dinge so abgelaufen sind, ist klar, daß derjenige von den dreien, der noch am Leben ist, die anderen umgebracht hat, um diese Art von...kleinem Schatz für sich zu behalten. Giorgio ›Peitsche‹ Celli, dieser Hu...«

Rosas unterbricht ihn: »Ein derartiger Schatz, wie du es

nennst, ist heute nichts wert. Das Geld ist nicht mehr im Umlauf, das Gold- und Silberzeug ist, großzügig geschätzt, vielleicht fünf- oder sechshunderttausend Lire wert...«

»Es gibt Leute, die schon für zwanzigtausend Lire einen Mord begehen! Was weißt denn du, was ein Halbverrückter wie ›Peitsche‹ denkt? Jemand, der nie eine Lira übriggehabt hat... Ich bin mir sicher, daß es so gewesen ist!«

Sarti steht auf und geht, um in der Kiste zu kramen: »Es gibt ja auch einen numismatischen Wert oder wie das zum Teufel heißt! Dieses Geld von 1940 stellt für einen Sammler vielleicht ein kleines Vermögen dar. Was verstehst du denn schon davon?«

»Und was wird wohl ›Peitsche‹ davon verstehen?«

Der Kommissar blickt noch einmal um sich und fährt fort: »Wenn man das Zeug, das hier ist, meinetwegen auch portionsweise verkauft, kann man vielleicht auf großem Fuß leben.«

»Kannst du dir vorstellen, daß Giorgio Celli mit dem Maschinengewehr zum Markt geht, um es zu verkaufen?«

Kommissar Sarti hat beschlossen, ihm nicht weiter zuzuhören. Für ihn ist der Fall klar. Klar und gelöst. Er fühlt sich mindestens so erleichtert wie am Morgen, als er den Schießplatz verlassen hat. Kurzum, er ist zufrieden. Er hat es eilig, mit Hauptkommissar Raimondi zu reden.

Er geht zum Eingang der Höhle und brüllt: »Felice!« Keine Antwort.

»Felice!« Man hört eilige Schritte.

»Ja, hier bin ich!«

»Wo hast du gesteckt? Geh zu Wagen 28 und ruf die Zentrale. Sorg dafür, daß Raimondi Cesare herkommt.«

»Ich soll dafür sorgen, daß ›er‹ herkommt?«

»Du sollst ›ihn‹ herkommen lassen! Spreche ich vielleicht chinesisch?«

»Und du bleibst hier, Herr Kommissar?«

Sarti Antonio verliert allmählich die Geduld: »Felice Cantoni, setz dich in Bewegung, bevor ich komme und dir einen Tritt in den Hintern gebe!«

Rosas steht auf. Er sagt: »Wir gehen jetzt, Kommissar. Viel Spaß bei der Arbeit!«

»Jetzt willst du gehen? Du wartest nicht auf den Hauptkommissar?«

»Ich habe keine Lust, den wiederzusehen. Ich habe noch vom letzten Jahr die Schnauze voll! Aber amüsier du dich ruhig mit ihm!«

»Wie soll ich ›ihm‹ erklären, daß ich …?«

»Sag ihm, daß du nachgedacht hast und hierhergekommen bist …«

»Und du …?«

»Mich werden sie deswegen nicht befördern, und mir werden sie deswegen auch nicht das Gehalt erhöhen … Ich bin kein Polizist. Mir genügt es, den Stützpunkt der Partisanenbrigade von Volpe gefunden zu haben. Sie sind alle umgebracht worden, und wir haben ein schönes Denkmal gebaut. Aber niemand hat je gewußt, wo sie ihre Basis hatten. Jetzt wissen wir es …«

Rosas tritt aus der Höhle heraus, die Gerte folgt ihm, nachdem sie den Kommissar angegrinst und gesagt hat: »Ciao, Kommissar! Mach's gefälligst gut!«

Sie lassen Sarti allein zurück, und dieser überlegt: »Es gibt keine andere Hypothese. Es gibt kein anderes einleuchtendes Motiv. Ich werde diesen Celli zum Singen bringen!« Er hat sogar vergessen, Rosas zu danken.

Warum macht er das eigentlich alles – für nichts und wieder nichts?

Sarti zerbricht sich noch so lange den Kopf, bis er Hilfskommissar Cantoni rufen hört: »Herr Kommissar, Herr Kommissar, bist du noch da?«

»Was gibt's?«

»Hauptkommissar Raimondi läßt dir ausrichten, daß du, wenn du ihn brauchst, ja weißt, wo du ihn findest, und daß dir sein Büro immer offensteht.«

»Sag ihm … Ach, nichts. Ich komme!«

Er kommt aus der Höhle. Aber er findet das Seil nicht mehr, an dem er sich heruntergelassen hatte. Er schreit: »Was sollen diese Scherze, Felice? Wirf mir das Seil her!«

Weitere Schritte oben, dann: »Ich … ich finde es nicht, Herr Kommissar. Es ist wirklich nicht da.«

»Wie denn das? Sieh genau nach, verdammt noch mal! Da muß ein Baum sein mit einem Seil, rechts von dir …«

»Der Baum ist da, aber das Seil nicht …«

Sarti weiß nicht mehr, was er sagen soll. Hätte er sich bei Rosas bedanken sollen? Ja, und zwar mit einem Kinnhaken statt mit schönen Dankesworten!

Wenn er ihn fragt, warum er das Seil mitgenommen hat, ist Rosas imstande zu antworten, daß das Seil ihm gehöre …

»Hast du einen Strick im Auto?«

»Nie Stricke im Auto gehabt.«

»O Mann! Geh ins Dorf und suche einen langen, starken.«

»Ich gehe gleich.«

»Und sag ja niemandem was!«

»Ich gehe schon!

»Beeil dich!«

»Ich gehe!« Er geht.

Kommissar Sarti beginnt an den Bericht zu denken, den er Hauptkommissar Raimondi vorlegen wird. Dem muß die Kinnlade herunterfallen! Zeit zum Nachdenken hat er, soviel er will: Tatsächlich ist von Hilfskommissar Felice Cantoni auch nach einer Stunde noch nichts zu sehen. Und es vergehen Stunden, es vergehen so viele, daß es dunkel wird und Kommissar Sarti eine Stinkwut bekommt. Hin und wieder brüllt er zum Gipfel hinauf: »Cantoni! Felice Cantoni! Ist dir was passiert? Wo steckst du?«

Es ist stockdunkel! Man sieht die Hand vor Augen nicht, als Sarti Antonio hört, daß sich jemand über ihm bewegt. Er ist derart wütend, daß er ihn nicht einmal anredet; aber auch der andere, der sich da oben bewegt, scheint keine Lust zu haben, mit ihm zu sprechen. Er versucht, sich so weit vorzubeugen, wie er kann, und er sieht ihn. Das heißt: Er sieht einen Schatten herunterkommen, der an einem Seil oder an einer Strickleiter hängt. Es ist ein ziemlich massiger Schatten: breit, groß und schwarz. Alle Schatten sind schwarz, vor allem, wenn kein Mond scheint und wenn man sich in einem dichten Wald befindet. Aber dieser ist größer als normal und breiter als normal. Der Kommissar verzieht sich in den hinteren Teil der Höhle und wartet: Ihm fällt ein, daß er seine Pistole in der Tasche hat.

Er greift nach ihr und fühlt sich ruhiger. Jetzt harrt er der Dinge, die da kommen und die sich folgendermaßen gestalten: Der große, breite Schatten zeichnet sich am Eingang der Höhle ab und zögert ein wenig. Dann beginnt ein Lichtstrahl im Dunkel herumzustochern. Wenn der auf das Gesicht von Kommissar Sarti trifft, dann Gnade ihm Gott! Aber derjenige, dem die Taschenlampe und der Schatten gehören, geht entschlossen auf die Kiste zu: Daß es einer ist, der den Ort gut kennt, sieht man daran, wie sicher er sich bewegt. Jetzt glaubt Kommissar Sarti, es sei an der Zeit, nachzusehen, um wen es sich handelt, und er ist sich auch sicher, daß es sich um den Mörder handelt. Er ist sich sicher, daß es sich um Giorgio Celli, »Peitsche«, handelt.

Er rührt sich und befiehlt: »Stehenbleiben, Giorgio Celli! Eine Bewegung, und du bist geliefert!«

Aber der andere glaubt ihm nicht: Er macht die Taschenlampe aus und fliegt (er scheint tatsächlich zu fliegen) zum Eingang. Und Kommissar Sarti ist gezwungen zu schießen. Das heißt: Er möchte schießen, aber er kann nicht, weil er sechs der neun Patronen, die man ihm an diesem Morgen verkauft hatte, in die Mitte des Pappkameraden gefeuert hat und die anderen drei rund um dieses Ziel gelandet sind. Deshalb hat er jetzt nicht einmal eine einzige, die er dem davonfliegenden Schatten verpassen könnte. Und das fällt ihm erst jetzt ein! Es bleibt ihm nichts anderes übrig, als es mit dem zu versuchen, was er in seiner Reichweite findet: Er wirft mit einer Maschinenpistole nach ihm, die in den Abgrund des Wasserfalls stürzt, ohne den Typ auch nur zu streifen. Kommissar Sarti stolpert ein bißchen herum, und als er draußen anlangt, sieht er, daß der Schatten schon oben ist und die Leiter (oder das Seil), mit deren (dessen) Hilfe er heruntergekommen ist, bereits wieder entfernt hat.

Sarti flucht wie ein Bierkutscher. Die Pistole hat er noch in der Hand. »Cantoni Felice! Halt ihn fest! Halt ihn fest! Er flieht in deine Richtung! Schieß! Schieß!«

Ihm antwortet die Stille des dunklen Waldes. Wenn er das erzählt, wird es ihm keiner glauben!

Deshalb erzählt er es nicht, als (wer weiß, wieviel Uhr es mittlerweile ist!) Hilfskommissar Felice Cantoni daherkommt, mit einem Seil und einer Lampe.

»Bist du noch da, Herr Kommissar?«

Sarti sagt nichts. Er klettert, so schnell er kann, hinauf, sieht Cantoni ins Gesicht und fragt ihn leise, buchstäblich schon vor seiner Nase: »Wo bist du gewesen?«

»Tut mir leid. Die Geschäfte waren zu, und ich habe das ganze Dorf nach einem Seil absuchen müssen... Tut mir leid! Dann habe ich auf dem Rückweg hierher auch noch einen Platten gehabt: Das war nicht meine Schuld!... Tut mir wirklich leid. Ich habe den Reifen allein wechseln müssen, und das in der Dunkelheit...«

In schmerzerfülltes Schweigen eingesponnen, geht Sarti auf Wagen 28 zu.

Er hatte den Kerl schon in der Hand: Die Lösung war greifbar, und dann hat er sich alles durch die Lappen gehen lassen. Dummkopf.

Die Geschichte geht weiter … und scheint fast an ihr Ende gelangt zu sein … Auch der Name des Mörders scheint festzustehen … als sich plötzlich neue Komplikationen ergeben

Hauptkommissar Raimondi hebt den Blick vom Bericht: »Seine« Augen glänzen, daß es eine Freude ist, »ihn« anzuschauen. Kommissar Sarti hat den ganzen Rest der Nacht und am Morgen daran gearbeitet, aber er ist überzeugt, daß sich die Mühe gelohnt hat. Er fragt: »Und?«

»Gut, sehr gut, Herr Kommissar. Ich freue mich! Gewissermaßen … eine gute Arbeit!«

»Er« liest noch einmal die letzten Zeilen und sagt: »Mach nur weiter! Geh zu diesem Giorgio Celli, genannt ›Peitsche‹, und bring ihn mir her. Ich lasse unterdessen die Dokumente vorbereiten, die für die Anklage notwendig sind … Wichtig ist, daß wir ihn hierherbringen, gewissermaßen: Danach knöpfe ich ihn mir vor … Gut, sehr gut, Herr Kommissar!«

Es ist das zweite Mal, daß »er« zu ihm »sehr gut« sagt. Und dabei glänzen »seine« Augen. Sarti läßt »ihn« über seinen Bericht weiterweinen und geht hinunter. Wagen 28 und Hilfskommissar Felice Cantoni erwarten ihn auf der Straße, aber zuerst einmal gibt es einen Espresso, auch wenn er nicht so gut ist wie der, den er zu Hause machen würde. Einen für Sarti, einen für Felice Cantoni, einen für mich und einen, der ins Büro von Hauptkommissar Raimondi gebracht wird. Und daß er auch ordentlich heiß ist! Sarti Antonio bezahlt alles! Danach springen wir in Wagen 28, und schon geht es mit Sirenengeheul nach Pieve del Pino.

Seid ihr schon einmal in einem Auto mit eingeschalteter Sirene gefahren? Das ist wirklich super! Alle bleiben stehen, machen Platz und sehen zu, wie ihr vorbeisaust. Ihr habt das Gefühl, jemand zu sein! Die Leute sehen euch vielleicht hinten sitzen und glauben, ihr seid bedeutende Persönlichkeiten. In Wirklichkeit aber...

Bevor Sarti im Dorf eintrifft, läßt er die Sirene ausschalten und fährt blitzschnell am Haus des Arztes vorbei. Im Wagen 28 macht er sich noch ein bißchen kleiner und läßt ihn erst anhalten, als er in den Hof des Hauses von Giorgio Celli, »Peitsche«, eingebogen ist. Jetzt ist Tag, und so wird er ihm wenigstens ins Gesicht sehen können, diesem Halbidioten, Mörder und Dieb! In dieser Nacht ist er ihm entwischt, aber heute wird er ihm nicht durch die Lappen gehen! Im ersten Zimmer (in der ersten Kammer, denn ein Zimmer kann man es nicht nennen) findet er nur ein großes Durcheinander vor: umgeworfene Stühle, aufgerissene Schubladen, Dinge, die auf dem Boden verstreut herumliegen. Im anderen Zimmer (in der anderen Kammer) das gleiche – nur daß genau in der Mitte Rosas steht und sich umschaut.

Kommissar Sarti fragt ihn: »Bist du jetzt auch verrückt geworden? Was fällt dir ein?«

»Kommissar, ich bin erst vor zwanzig Sekunden gekommen.«

Sarti hat keine Probleme, ihm das zu glauben. Von jetzt an kann Rosas sagen, was er will: Für Kommissar Sarti wird es das Evangelium sein! Aber er spielt den starken Max: »Warum bist du hier? Wie kommt es, daß du mir immer im Weg bist?«

Rosas sieht sich um und denkt sich sein Teil. Deshalb verstummt Sarti, zumal der andere ihm ja ohnehin nicht zuhört.

Auch Sarti beginnt, sich umzuschauen: »Ich möchte wissen, was sie geklaut haben ...«

Rosas schüttelt den Kopf: »In diesem Haus gibt es nichts zu klauen. Das wissen alle im Dorf.«

»Wo ist ›Peitsche‹?«

»Das weiß ich nicht: Ich bin gerade erst gekommen.«

Sarti stöbert noch ein bißchen herum und meint dann: »Ich warte auf ihn.«

»Ich auch.«

Er fragt Rosas: »Warum hast du gestern nachmittag das Seil von der Höhle mitgenommen?«

»Weil es mir gehört.«

Er hätte gewettet, daß er diese Antwort bekommen würde. Er wechselt das Thema und fragt weiter: »Weißt du, daß ›Peitsche‹ heute nacht zur Höhle gekommen ist?« Er erzählt ihm die Geschichte, die ganze, auch auf die Gefahr hin, daß Rosas über ihn lacht. Aber das geschieht nicht.

Rosas bleibt ernst und sagt: »Du hast ihn auf dem Gewissen!«

»Wen?«

»Du hast ›Peitsche‹ auf dem Gewissen!«

»Was fällt dir ein?«

»Warum bist du nur so begriffsstutzig. Der Kerl war

nicht ›Peitsche‹! Und so hast du dem Typ von heute nacht mitgeteilt, daß du heute kommen würdest, um Giorgio Celli festzunehmen! Und er ist vor dir eingetroffen.«

»Du bist verrückt! Es war ›Peitsche‹! Er war groß und breit: ein Hüne.«

»Wie du! Hast du ihm ins Gesicht gesehen? Hat er dir seinen Ausweis gezeigt? Die Welt ist voll mit großen und breiten Hünen! Auch hat der Mörder noch nicht wissen können, daß du die Geschichte von den drei Freunden und ihrer Höhle kennst. Jetzt können wir uns auf den Weg machen …«

»Wohin?«

»… und die Leiche von ›Peitsche‹ suchen!« Rosas ist in bezug auf das, was er sagt, so sicher, daß Sarti ihm beinahe glaubt und irgend etwas antworten möchte. Aber es bleibt ihm keine Zeit dazu: Das Geheul der Polizeisirene ist bis hierher zu hören. Kommissar Sarti läuft zum Fenster und sieht die Autos über den Dorfplatz jagen. Es sind zwei. Er läuft hinaus, Rosas hinter ihm her. Sie springen in Wagen 28, den Hilfskommissar Felice Cantoni in Richtung Zentrum losbrausen läßt. Als sie dort ankommen, sind die beiden Polizeiautos schon nicht mehr da. Wer allerdings da ist, das ist Gianni »Glühwürmchen« Deoni.

Sarti brüllt ihm zu: »Was ist passiert?«

»Sie haben ihn gefunden!«

»Wen haben sie gefunden?«

Der Doktor kommt mit einer Tasche daher. In einem Ton, der keinen Widerspruch duldet, sagt er: »Bringen Sie mich hin!«

Sarti stellt fest, daß die Welt wirklich voll ist mit großen und breiten Hünen. Wie zum Beispiel den Doktor.

Er fragt: »Wohin?« Plötzlich erinnert er sich an das Superweib, das in seinem Haus gewesen ist, und wird entgegenkommender: »Selbstverständlich, Herr Doktor, selbstverständlich bringe ich Sie hin. Wenn Sie mir sagen, wohin …?«

»Los!« Der Arzt zeigt ihm während der Fahrt den Weg. Ihnen folgt der Wagen von Gianni »Glühwürmchen« Deoni. Sarti wartet. Er wartet, daß der Arzt sich entscheidet, und bereitet inzwischen seine Antwort vor. Nur daß er nicht weiß, was er diesem Mann ohne ein Fünkchen Moral sagen soll.

Schließlich, nach ein paar Sekunden, sagt der Arzt: »Auf wessen Konto geht das?«

Sarti Antonio will etwas Großartiges erwidern, etwas, was den Arzt zur Salzsäule erstarren lassen wird. So etwas wie: »Auf das Konto der Gesellschaft, deren Vertreter Sie sind, Herr Doktor!« Oder: »Auf das Konto Ihrer Moral, Herr Doktor!«

Er schafft es nicht rechtzeitig, denn der andere wiederholt sich und erklärt, wovon er spricht: »Auf wessen Konto geht diese neue Leiche, Herr Kommissar?«

Sarti (schlechtes Gewissen!) hatte angenommen, er habe von seiner Frau gesprochen.

Es sind alle da: Die Fotografen der Polizei, die von der Kriminaltechnik, »er«, der Priester-Riese und ein Haufen bekannter und unbekannter Leute.

Und da ist auch Giorgio Celli, »Peitsche«: mit einer Zunge, die eine Handbreit aus seinem Mund heraushängt, die Augen aus den Höhlen gedrückt, blauviolettes Gesicht, die Hände steif und die Peitsche festgezogen, zusammenknotet um den Hals. Oder besser gesagt: um die Schultern, weil »Peitsche« nie einen Hals gehabt hat. Wenn man ihn so auf dem Gras ausgestreckt und auf diese Weise zugerichtet sieht, muß man sich fragen, wer die Kraft hatte, dieses Paket aus stählernen Muskeln so abzumurksen und zuzurichten. Eine Frau ist da, auf Knien neben der Leiche: Sie weint. Auch dies ist eine seltsame Sache: Daß jemand (zudem noch eine Frau) über den Tod eines Typs weinen kann, den keiner mochte ...

Das ganze schöne Gedankenschloß, das Kommissar Sarti aufgebaut hatte, stürzt in sich zusammen und fällt ihm vor die Füße. Sein Blick sucht Rosas, aber er findet ihn nicht – verschwunden.

Gianni »Glühwürmchen« Deoni springt schon wie eine Gazelle von einem zum anderen: Alle fragt er aus. Der Arzt macht seine Arbeit als Arzt, wie der Fotograf die seine macht und die Kriminaltechniker die ihre. Nur Kommissar Sarti steht regungslos da, wie benommen: Morgen, da ist er sich sicher, wird er seinen Abschied einreichen. Vielleicht auch noch heute abend. Oder jetzt gleich, angesichts der Tatsache, daß »er«, Hauptkommissar Raimondi, auf ihn zukommt. In »seinen« Augen steht geschrieben: »Und jetzt, du Stümper, du Idiot? Und jetzt, was hast du mir jetzt zu sagen?«

Und sich vorzustellen, daß »er« zu ihm nur wenige Stunden zuvor zweimal »Sehr gut, Herr Kommissar« gesagt hat! Und daß er, Sarti Antonio, »ihm« einen Espresso hinaufgeschickt hat!

Jetzt flüstert »er« ihm zu: »Herr Kommissar, ich erwarte Sie in meinem Büro.«

Er wird nicht hingehen: Er wird einen schönen Brief abfassen, ihn als Einschreiben abschicken und »ihm« mitteilen, er sei nach einem langen und quälenden inneren Konflikt und nach einer tiefen seelischen und geistigen Krise zu dem Schluß gelangt, daß der Beruf des Polizisten nicht mit seiner mystischen Mentalität und seinem kontemplativen Charakter harmoniere und er deshalb seinen Abschied einreiche und so weiter, und so fort…

Danach wird er in der Nachmittagsausgabe der Zeitung das Inserat eines Bäckers suchen, der einen Laufburschen zur Auslieferung von Brot braucht.

Aber ein Milchhändler wäre ihm auch recht.

Eine verzweifelte Situation

Wenn ihr es zufällig mal an der Tür läuten hört und, wenn ihr öffnet, Sarti Antonio gegenübersteht, der euch die Tüte mit dem Brot übergibt, macht keine großen Geschichten und sagt nicht: »Wie ist das möglich? Kommen Sie herein auf einen Kaffee...«, und so weiter.

Nehmt das Brot, das er euch überreicht, bedankt euch mit einem Lächeln und macht die Tür wieder zu. So, ganz einfach, als wäre es das natürlichste von der Welt. Und gebt ihm bitte kein Trinkgeld!

Seit drei Tagen habe ich ihn schon nicht mehr gesehen, Felice Cantoni hat man einem anderen Kommissar zugeteilt (für Wagen 28), der wie ein Schlot raucht und ihm jedesmal, wenn er das Päckchen in die Hand nimmt, eine Zigarette anbietet. So hat sich sein Magengeschwür zurückgemeldet; er fährt jetzt mit zusammengebissenen Zähnen und hat ein Hungerleidergesicht zum Gotterbarmen.

In seinem Büro hat Hauptkommissar Raimondi noch lange auf Sarti gewartet. »Er« hat ihn zu Hause gesucht, im Krankenhaus, im Irrenhaus, im Armenhaus – vergebens. Am Ende hat »er« begriffen, daß ein gebrochener Mensch das Vergessen sucht und selbst vergessen werden muß. Deshalb hat »er« ihn in Ruhe gelassen.

Im Grunde ist Hauptkommissar Raimondi kein schlechter Mensch: Für gewisse Dinge hat »er« Verständnis.

Ich habe Sarti bei Rosas gefunden, in der Via Santa Caterina, auf der Couch, die Hände in die Hosen gesteckt und gegen den Bauch gepreßt, der Bart drei Tage alt, die Augen so tief in den Höhlen wie bei einem, der seit längerem nicht mehr geschlafen hat.

Kein Zeichen, kein Gruß.

Wären da nicht seine Augen, die mir folgen, während ich mich durch die Wohnung bewege, würde man sagen, er liege im Koma. Hin und wieder steht er auf und geht aufs Klo. Er spricht nicht, er atmet nur.

Auf der Couch ein Stapel zerknitterter Zeitungen.

Rosas berichtet mir: »Er will nichts essen.«

Ich habe nichts zu sagen.

Rosas weiter: »Meiner Meinung nach hat er den Verstand verloren.«

Ich mache ihm eine Tasse Espresso: Ich mache ihn, so gut ich kann, und bringe ihm die Tasse.

Er probiert einen Schluck und verzieht den Mund: »Ekelhaft!« Wenigstens hat er etwas gesagt! Er leert die Tasse und gibt sie mir auf eine Weise zurück, die mir sagt, daß ich sie erneut vollschenken soll. Er trinkt auch die zweite Tasse aus. Dann sagt er: »Ich möchte mit Gianni ›Glühwürmchen‹ Deoni sprechen ...«

»Geh zu seiner Redaktion.«

Sarti schüttelt heftig den Kopf. »Ruf ihn an und sag ihm, daß er herkommen soll.«

Keiner rührt sich, weder Rosas noch ich. Ich möchte, daß er sich aus dieser Bude entfernt und ein bißchen frische Luft schnappt. Es hilft nichts.

Er sagt: »Bitte, bitte!«

An meiner Stelle geht Rosas.

»Glühwürmchen« kommt an, hochgradig nervös: »Ich war gerade bei der Arbeit! Was sage ich meinem Chef? Was sage ich ihm bloß? Die Reportage muß fertig werden ... So viel Zeug muß fertig werden, bevor es in den Druck geht ... Was sage ich nur meinem Chef?« Dann sieht er, daß auch Rosas da ist, und verstummt. Diese beiden haben sich nie riechen können. Liegt das etwa daran, daß sie beide eine Brille tragen?

Ein bißchen heiße Brühe auch für ihn, und er schüttet sie hinunter, ohne überhaupt etwas zu schmecken. Man sieht, daß er wirklich in Eile ist: Er hält keinen Augenblick still. Seine Brille hat er vielleicht schon zehnmal geputzt, seit er hereingekommen ist.

»Du mußt mir alles erzählen«, sagt Sarti.

»Glühwürmchen« gerät in Rage. Das kommt nicht häufig vor: »Deswegen hast du mich kommen lassen? Deswegen? Aber wenn es doch da drinnen steht!« Er reißt die Zeitungen von der Couch und wirft sie auf den Boden. »Das steht doch alles drin! Hast du die nicht lesen können?«

Sarti Antonio setzt sich auf: »Ich will auch das wissen, was du nicht geschrieben hast.«

»Ich habe keine Zeit. Willst du das denn nicht kapieren? Mein Chef erschießt mich ...« Aber unterdessen hat sich auch »Glühwürmchen« hingesetzt. Er putzt sich erneut die Brille und schaut Rosas an, der ihn seinerseits anschaut und ebenfalls wartet.

Dann legt er los: »Was willst du wissen?«

»Alles, von dem Augenblick an, als man Giorgio Celli ermordet aufgefunden hat.«

»Raimondi Cesare hat mir nichts gesagt; die Kriminaltechniker haben den Mund nicht aufbekommen... Ich habe nichts, aber auch gar nichts erfahren. Ich habe nur mit der Frau gesprochen, bevor sie ihr befohlen haben, den Schnabel zu halten. Auch den Journalisten gegenüber. Sag du mir, wie wir unsere Arbeit machen sollen, unter diesen Bedingungen...«

»Was hat dir die Frau gesagt?«

»Daß sie sich mit Giorgio Celli verabredet hatte, genau dort, wo sie dann die Leiche gefunden hat.«

»Sie hat ihn gefunden?«

Gianni »Glühwürmchen« Deoni erhebt die Stimme noch weiter: »Das steht alles da drin! Natürlich hat sie ihn gefunden! Es hat den Anschein, als wäre sie seine Freundin...«

»Dieser Schwachkopf hatte eine Freundin...? Nicht zu glauben!«

Rosas, leise: »Und er hatte auch Freunde – auch das ist nicht zu glauben!«

»Also, sie hatten ein Rendezvous, und als sie hingegangen ist, hat sie ihn tot aufgefunden.«

»Das habe ich gelesen! Ich will wissen, was du nicht geschrieben hast!«

Kommissar Sarti kommt allmählich in Fahrt. Und für »Glühwürmchen« ist dies der Augenblick des großen Geständnisses: »Sie sagt, sie habe im Näherkommen eine Frau zwischen den Bäumen verschwinden sehen.«

»Eine andere Frau?«

»Das behauptet sie.«

»Warum hast du das nicht geschrieben?«

»Die Polizei will das nicht. Sie sagt: um die Ermittlungen nicht zu behindern.«

Alle schweigen eine Zeitlang, dann ergreift Gianni »Glühwürmchen« Deoni wieder das Wort: »Ich muß jetzt zurück in die Redaktion. Wer weiß, wie sauer der Chef ist...«

Niemand hört ihm zu, und er bleibt auf der Couch sitzen, neben Sarti.

Aus seiner Ecke heraus fragt Rosas: »Wie kann eine Frau diesen Mann erdrosselt haben? Hat Hauptkommissar Raimondi dir das erklärt?«

»Glühwürmchen« schüttelt den Kopf und sagt dann: »Ich habe euch erzählt, was ich weiß, und jetzt möchte ich mehr über diese Höhle der Brigade Volpe wissen.«

Sarti kramt in seiner Tasche und hält Gianni »Glühwürmchen« Deoni die Inventarliste hin, die Rosas in der Höhle angefertigt hat.

Er liest sie und sagt dann: »Sonst nichts?«

»Sonst nichts.«

Er liest sie noch einmal durch und sagt schließlich: »Etwas fehlt.«

»Was denn?«

»Ich weiß es nicht: Aber hier steht nichts, womit man drei Morde begründen könnte.«

Rosas hat angefangen zu pfeifen, aber er hört sofort damit auf, um zu sagen: »Giacinto Gessis Busenfreund könnte wissen, was fehlt.«

»Glühwürmchen« Deoni schnellt in die Höhe. »Stimmt! An den Freund habe ich gar nicht mehr gedacht. Gehen wir ihn suchen!«

Sarti ist immer noch niedergeschlagen: »Leicht gesagt! Aber wo? Er existiert nicht mehr! Niemand hat ihn je gesehen außer Clara. Niemand weiß, wer er ist...«

»Und trotzdem gibt es ihn.«

Rosas unterbricht sein Gepfeife erneut: »Was hat Giacinto Gessi an dem Abend in der Kirche gemacht, ein paar Tage, bevor er ermordet wurde? Der Pfarrer hat ungefähr folgendes gesagt: ›Ein paar Tage, bevor das passiert ist, habe ich ihn am Abend hier angetroffen, hier in der Kirche, kniend und betend … Es ist sehr merkwürdig, weil ich ihn sonst nur am Sonntagmorgen in der Kirche gesehen habe …‹ Hat er das gesagt oder nicht?«

»Das hat er wohl gesagt, wenn du dich so daran erinnerst …«

»Er hat es gesagt! Und er hat auch gesagt: ›Die Eltern haben mir den Schlüssel gegeben. Sie behaupten, daß nach der Besichtigung durch die Polizei niemand mehr dieses Zimmer betreten hat. Auch sie nicht.‹ Die Rede war von Giacinto Gessis Zimmer.«

Er wartet auf die Bestätigung durch Kommissar Sarti, die jedoch ausbleibt.

»Aber die Schuhe von Giacinto Gessi stehen dort, auch wenn niemand mehr dieses Zimmer betreten hat, und zwar unter einem Stuhl. Wer hat sie dorthin gebracht? Ich glaube nicht, daß es die Polizei während der Ortsbesichtigung gewesen ist.«

Sarti wird lebhafter. Er sagt: »Das glaube ich wirklich nicht. Und weiter?«

»Was?«

»Heraus mit allem, was du weißt oder zu wissen glaubst!«

»Ich weiß genausoviel wie du.«

»Trotzdem raus damit!«

Gianni »Glühwürmchen« Deoni hat von irgendwoher einen Notizblock hervorgezogen.

Rosas sagt: »Schreib! Erstens: Die drei entdecken den Stützpunkt der Brigade Volpe. Zweitens: Einer nach dem anderen wird ermordet. Drittens: Wer sie umbringt, kann das unbesorgt und in aller Ruhe tun, ohne mit den Opfern kämpfen zu müssen. Viertens: Bevor Giacinto Gessi ermordet wurde, kehrte er in der Nacht zur Basis der Brigade Volpe zurück. Das steht fest, weil die Spuren des Schwefelwassers, die in seinem Magen gefunden wurden, eine eindeutige Sprache sprechen. Wird er von jemandem begleitet? Ja, denn warum würde er sonst in der Nacht dorthin gehen? Er ist in Begleitung von jemandem, der nicht will, daß man ihn zusammen mit Gessi sieht. Fünftens: Beim zweiten Toten findet man einen Zettel, geschrieben von Gessi, auf dem es heißt: ›Wegen der Sache, über die Sie Bescheid wissen, kommen Sie heute abend zur Pappel. Giacinto Gessi.‹ Es ist klar, daß es sich um den Zettel handelt, den Gessi der Person geschickt hat, die ihn auf dem nächtlichen Besuch im Stützpunkt von Volpe begleitete. Derselbe Zettel hat dann dem Mörder dazu gedient, Gaetano in die Falle zu locken und zu töten. Sechstens: Der dritte, der sterben sollte, war Giorgio Celli, ›Peitsche‹. Aber wann ist er ermordet worden? Sobald der Mörder gemerkt hat (dank deiner Hilfe, Kommissar, der du den Namen von ›Peitsche‹ genau vor der Nase des Mörders herumschreist, der gerade daherkommt, um der Basis von Volpe einen Besuch abzustatten), daß die Polizei Giorgio Celli schon auf der Spur ist. Er bringt ihn in aller Ruhe um, ganz bequem, ohne zu kämpfen, weil er vermeiden will, daß der etwas sagt, was er nicht sagen darf. Daher: Der Mörder war ›Peitsche‹ und den beiden anderen sehr wohl bekannt. Nicht nur das, sondern er muß eine Person sein, die dermaßen unverdächtig ist, daß sie morden kann, ohne daß die Opfer irgend etwas ahnen. Siebtens: Jemand hat gewußt, daß ›Peitsche‹ sich mit seiner Freundin treffen würde. Deshalb ist auch er zum Rendezvous gegangen. Achtens: Der Mörder (oder die Mörderin) ist eine Person (Mann oder Frau), die über die Protagonisten unserer Geschichte alles und vielleicht noch mehr weiß. Neuntens: Was konnte es in der Basis der Brigade Volpe so Interessantes geben, daß es Grund für drei Morde geboten hat – wenn es dabei blieb? Zehntens: Niemand kann uns das sagen, weil die Mitglieder der Brigade Volpe ausnahmslos in dieser verdammten Schlucht umgebracht wurden; aber es ist klar, daß es – worum auch immer es sich handelt – noch nicht in den Besitz des Mörders (oder der Mörderin) gelangt ist. Warum hätte er sonst das Haus von ›Peitsche‹ auf den Kopf gestellt?«

Damit endet Rosas' Gerede. Gianni »Glühwürmchen« Deoni starrt auf seine Notizen, während Kommissar Sarti Rosas anblickt, ohne ihn zu sehen, weil es bereits dunkel geworden ist und niemand sich die Mühe gemacht hat, das Licht anzuknipsen.

Ein Lächeln spielt um Sartis Lippen, als er sagt: »Ich glaube zu wissen, worauf du hinauswillst: Ich glaube es wirklich zu wissen. Aber wenn es so ist, dann wird es wenig Grund zur Freude geben. Diesmal wirst du es Raimondi Cesare mitteilen ...«

Gianni »Glühwürmchen« Deoni ergreift das Wort: »Wenn ich recht verstanden habe, könnte die Person, die vielleicht alles über die drei Freunde weiß, jener Typ mit grauen Haaren sein, vornehm, groß und immer sehr elegant, der in der Via Solferino Nummer 10 verkehrte. Kann ich das schreiben?«

»Schreib, was du willst: Das sind deine Schlußfolgerungen!«

Gianni »Glühwürmchen« Deoni fährt fort: »Aber wer sonst? Giacinto Gessi erzählt alles seinem Liebhaber: Das steht fest! Genauso wie fest steht, daß der Liebhaber auch den anderen beiden Kumpeln bekannt ist, denn er kann sie, wie Rosas gesagt hat, um die Ecke bringen, ohne ihren Verdacht zu erregen. Also ist es einer aus dem Dorf.«

Er verstummt, weil er nichts mehr hinzuzufügen hat.

Schließlich sagt Rosas: »Wenn es nicht so ist, wie ›Glühwürmchen‹ sagt...«

»Nenn mich gefälligst nicht ›Glühwürmchen‹...«

»Wenn es nicht so ist, wie ›Glühwürmchen‹ sagt, besteht die Möglichkeit, daß wir bald eine weitere Leiche finden, eine mit grauen Haaren, vornehm und immer sehr elegant...«

Kommissar Sarti lacht süffisant in sich hinein: Er hat bereits seine eigene Theorie. »Das glaube ich nicht. Das glaube ich nicht.«

Jetzt weiß er, wer der Liebhaber von Giacinto Gessi, »Haus, Hof und Kirche«, war; er weiß, wer der über jeden Verdacht erhabene Typ war, der allen dreien sehr gut bekannt war, der durch die Gegend läuft und Köpfe einschlägt und Hälse umdreht, ohne daß die Besitzer der Köpfe und Hälse den geringsten Protest einlegen. Er weiß, daß Clara morgen früh, wenn er ihr ein bestimmtes Foto zeigt, sagen wird: »Natürlich! Das ist er! Das ist der Typ, der mit Giacinto Gessi gekommen ist, das ist er...«

Er ist bereit, ein Monatsgehalt darauf zu wetten. Sogar ein Jahresgehalt.

Es gibt nur ein Detail, das nicht ins Bild paßt: die Frau,

die Giorgio Cellis Freundin angeblich zwischen den Bäumen hat verschwinden sehen. Aber sie kann sich geirrt haben, und in der Dunkelheit hat sie einfach nur einen Mann, vielleicht mit einem langen Mantel, gesehen, auch wenn es nicht unbedingt die Jahreszeit dafür ist.

Sarti steht auf und sagt: »Rosas, du bist wirklich schwer auf Draht! Du wärst ein ausgezeichneter Polizist. Bringst du mich nach Hause, ›Glühwürmchen‹?« Er geht hinaus.

An der Tür bleibt er einen Moment stehen und fügt noch hinzu: »Entweder sie lochen mich ein wegen Beamtenbeleidigung und Verunglimpfung der Streitkräfte, oder sie gewähren mir eine feierliche Belobigung mit einer Gehaltserhöhung.«

Wer hätte das geahnt?

An dieser Stelle werdet ihr, wenn ihr nicht ausgesprochen dumm seid, verstanden haben, auf wen Sarti anspielt. Wenn ihr es nicht verstanden habt, kommt mit mir (der ich es noch nicht verstanden habe), und sehen wir zu, was passiert.

Der Kommissar ruft in der Zentrale an und sagt: »*Pronto*. Hier ist Sarti, gib mir den Chef. *Pronto*. Hier ist Sarti ...«

»Wie, zum Teufel, gewissermaßen ...«

Der Kommissar brüllt, um »ihn« zu unterbrechen und um sich verständlich zu machen: »Ich brauche einen Fotoapparat von der Art, die gleich Abzüge vom Bild macht, und Felice Cantoni mit Wagen 28. Heute abend habe ich den Mörder! Auf mein Wort.« Er hat es nicht gewollt, aber er hat es gesagt! Egal, wie es ausgeht, es gibt ja immer noch eine Bäckersgehilfenstelle, die auf ihn wartet.

Am anderen Ende der Leitung hört man, leise, gedämpft: »Paß auf, was du tust, Sarti Antonio! Das ist das letzte Mal, daß ich auf dich höre. Versuch, keinen weiteren Schlamassel anzurichten, gewissermaßen ...«

Sieben Minuten später steht Hilfskommissar Felice Cantoni vor dem Haus und drückt auf die Klingel.

Sarti geht hinunter und fragt: »Hast du den Fotoapparat?«

»Er ist nicht da!«

»Wieso nicht?«

»Du mußt hingehen und den Empfang quittieren.«

»Hätte ›er‹ das nicht tun können?«

»›Er‹ hat gesagt, daß derjenige, der unterschreibt, für den Apparat verantwortlich ist, und bei dir sei man sich nie sicher, egal, worum es geht. Wenn du ihn haben willst ...«

»Hättest du das nicht unterschreiben können?«

Felice Cantoni sagt nachdenklich: »Doch. Daran habe ich nicht gedacht ...«

Kommissar Sarti wird wütend: »So eine Bande ... Und dann protestieren sie, wenn die Verbrecher immer weitere Verbrecher hervorbringen. So eine Bande ...«

»Fahren wir jetzt zur Materialverwaltung und holen den Fotoapparat?«

»Nein! Ich will ihre Kamera nicht. Ich mach' es ohne. Fahren wir zu ›Glühwürmchen‹.« Sie fahren los.

»Glühwürmchen« liegt noch im Bett, weil er immer bis spät am Abend in der Redaktion arbeitet. Sie wecken ihn, und Sarti sagt: »Komm und bring einen Fotoapparat mit, so einen, der sofort fertige Fotos macht ...«

»Ich habe keinen Fotoapparat. Wenn es wichtig ist, nehme ich einen Fotografen mit. Der Chef hat mir noch nie einen Fotografen verweigert.«

»Ich will keinen! Ich will keine Zeugen. Ich brauche dich, weil ich zu dir Vertrauen habe. Und basta! Frag in der Redaktion nach einer Kamera, so einer, wie ich dir gesagt habe ...«

Als Gianni »Glühwürmchen« Deoni die Redaktion verläßt, hat er den Fotoapparat, an dem Sarti so sehr gelegen ist, einschließlich Blitzlicht. Er fragt: »Wohin fahren wir?«

Sarti Antonio antwortet nicht. Im Auto erzählt er ihm folgendes: »Ich brauche eine Nahaufnahme vom Maresciallo der Carabinieri von Pieve del Pino. Du stellst dich vor, machst ein Interview, das Foto, und dann bringst du mir das Material.«

»Du glaubst... du glaubst, daß ›graues Haar, vornehm, groß und sehr elegant‹ er ist?«

»Ich bin mir sicher! Aber ich will diesmal vorsichtig sein. Wenn ich falsch liege, darf es keiner erfahren, verstanden? Niemand!«

»Glühwürmchen« hat verstanden, fragt aber: »Was soll ich erfinden, um ihn zu fotografieren?«

»Wozu du Lust hast! Frag den Maresciallo nach Neuigkeiten zu den drei Morden, warum sich die Zentrale damit befaßt und nicht er... Muß ich dir denn deinen Job beibringen?«

»So also stehen die Dinge! Es ist klar: Der Maresciallo weiß alles über die drei, weil er der enge und heimliche Freund von Giacinto Gessi ist; er erregt keinen Verdacht und kann sie anstandslos umbringen, ohne daß sie etwas ahnen. Wer würde denn schon einen Maresciallo der Carabinieri verdächtigen?«

Er denkt nach, während Wagen 28 weiter in Richtung Pieve del Pino rast. Nach einiger Zeit fragt er: »Aber warum?«

»Warum was?«

»Warum sollte er sie umgebracht haben?«

»Das weiß ich nicht, aber Giacinto Gessi muß das Motiv in der Kirche versteckt haben. Und das werde ich finden!«

Bis Pieve del Pino macht keiner mehr den Mund auf.

Kommissar Sarti sagt zu »Glühwürmchen«, bevor er ihn

absetzt: »Ich warte beim Pfarrer auf dich. Ich versuche inzwischen, etwas in der Kirche zu finden ...«

Direkt vor der Kirche unterhält sich der Priester mit zwei Carabinieri. Sobald er Sarti sieht, läuft er auf ihn zu. Der Pfarrer ist sehr aufgeregt und wirkt folglich auch ein bißchen lächerlich. Er schnaubt: »Also ... ausgerechnet Sie! Sehen Sie ... das ist ... das ist eine unglaubliche Sache! Das ist ein Frevel! Ich ... ich verstehe nicht ...« Er wischt sich den Schweiß ab mit einem Taschentuch, das er in der Hand zusammenknüllt.

»Also ... ausgerechnet Sie! Kommen Sie, kommen Sie, und sehen Sie selbst ... Eine unglaubliche Sache!« Er geht ihm bis zur Kirche voran. Die beiden Carabinieri folgen ihnen.

Habt ihr je eine Kirche gesehen, in der alles auf den Kopf gestellt worden ist? Ich will sagen: eine Kirche, in der alle Stühle umgeworfen wurden, die Bänke umgedreht sind, die Christusfiguren und Bilder von den Wänden gerissen, die Drapierungen, die Bänder und die Madonnen bald da hin, bald dorthin geworfen wurden? Ich habe es dort gesehen, zum ersten Mal.

»Das Haus des Herrn ... O mein Gott!« Und er fährt mit seinem Rosenkranz fort. Ich würde sagen, daß er gleich zu weinen anfängt.

Kommissar Sarti dagegen würde, wenn er sich nicht in einer Kirche und in der Gesellschaft eines Priesters und zweier Carabinieri befände, gern fluchen. Er fragt: »Wann ist das passiert?« Aber das interessiert ihn nicht so sehr. Ihn interessiert die Tatsache, daß das Motiv für drei Morde – falls es hier drinnen war – jetzt nicht mehr in der Kirche ist.

Das ist klar.

»Heute nacht. Und keiner ... keiner hat irgend etwas bemerkt! Es ist unglaublich ... Das Haus des Herrn ...«

Kommissar Sarti zeigt dem Obergefreiten der Carabinieri seinen Dienstausweis und fragt: »Nichts?«

»Nichts. Keine Spur, kein Einbruch, nichts gestohlen ...«

»Also doch ein Frevel! Vandalismus. O Gott, o mein Herr Jesus!«

»Wie sind sie hereingekommen?«

Der Obergefreite zuckt die Achseln. »Ich weiß es nicht. Sie können schon hier drinnen gewesen sein, als der Pfarrer die Kirche zugeschlossen hat.«

»Was sagt der Maresciallo?«

»Der Maresciallo liegt mit Fieber im Bett!«

Oho! Das ist ja toll! Vielleicht hat er auch ein ärztliches Attest. Kommissar Sarti weiß sehr gut, daß er es war, der heute nacht in die Kirche eingedrungen ist. Aber der Doktor ist vielleicht bereit zu schwören, daß der Maresciallo nicht in der Verfassung war, das Bett zu verlassen. Verfluchtes Dorf! Verfluchte Bewohner dieses verfluchten Dorfes! Und verflucht seien der Doktor, der Maresciallo, der Apotheker und der Mechaniker! Alle miteinander verflucht! Er reiht auch den Priester da ein, weil der ihm mit seinem Gejammere auf den Wecker geht!

Sarti fährt, ohne sich von irgend jemandem zu verabschieden, zur Kaserne der Carabinieri und wartet. Gianni »Glühwürmchen« Deoni kommt nach einer Ewigkeit heraus und steigt in Wagen 28.

Er berichtet: »Der hat mir vielleicht was geflüstert!«

»Das Foto?«

»Er liegt mit Fieber im Bett; ich kann doch keinen fotografieren, der im Bett liegt, und ihm sagen, ich bräuchte das für die Zeitung ...«

»Daß dich der Schlag treffen soll! Ich brauche dieses Foto!«

Gianni »Glühwürmchen« Deoni hält ihm ein Foto im Paßbildformat unter die Nase, darauf der Maresciallo der Carabinieri mit Krawatte, Jackett und weißem Hemd. Alles einwandfrei! »Glühwürmchen« versteht sein Handwerk, wenn ihm sein Chef nicht in die Quere kommt. Er sagt: »Er hat es mir gegeben, weil es in der Zeitung erscheinen soll.« Sie kehren in die Stadt zurück.

Der Kommissar betätigt die Klingel von Haus Nummer 10 der Via Solferino, und sobald Clara »Butter« die Tür öffnet, hält er ihr das Foto unter die Nase und blickt ihr aufmerksam ins Gesicht, um zu sehen, wie sie reagiert. Er wartet, bis sie sich entschieden hat.

Clara »Butter« hat ein unsicheres Lächeln auf den Lippen, wie immer. Dann sagt sie: »Kein Zweifel! Der ist es. Das ist der Mann, der mit Giacinto Gessi gekommen ist. Wenn ich einmal jemanden gesehen habe, vergesse ich ihn nicht mehr, vergesse ich ihn nicht ...«

Kommissar Sarti hätte ein Monatsgehalt gewonnen, wenn – ja, wenn jemand mit ihm gewettet hätte.

»Aber wie haben Sie es geschafft, ihn zu finden, Herr Kommissar? Bravo! Aber wie haben Sie das geschafft?«

»Du darfst mit niemandem darüber reden, wenn du deinen Laden hier weiterführen willst! Du weißt von nichts, und ich bin nicht dagewesen, verstanden?«

Sie nickt und lächelt »Glühwürmchen« an: »Ah, mein Lieber, bist du wieder da?« Sie tritt zur Seite und läßt eine »Arbeiterin« vorbei, die ihre Schicht beendet hat. Sie lächelt alle an, die hinausgehen. Sie lassen Clara »Butter« dort stehen, wo sie ist, nämlich an der Tür, und gehen davon. Jetzt muß man entscheiden, was zu tun ist. Das ist nicht leicht!

Sarti Antonio blickt Gianni »Glühwürmchen« Deoni ins Gesicht, der ihm seinerseits ins Gesicht sieht. Alle beide zucken die Achseln.

»Ich muß Hauptkommissar Raimondi erklären, warum der Maresciallo der Carabinieri, dieser Päderast, drei Personen umgebracht hat: Ich muß ihm die Beweise liefern und ein Tatmotiv! Die Aussage einer Ex-Prostituierten, Zimmervermieterin und Ausbeuterin anständiger Mädchen genügt mir nicht. Die genügt wirklich nicht!«

Das Funkgerät krächzt und ruft die Autos, die über die Stadt verstreut sind.

Hilfskommissar Felice Cantoni fragt: »Und jetzt, Herr Kommissar?«

»In die Via Santa Caterina. Fahren wir zu Rosas und holen uns eine Bestätigung ...«

… und alles löst sich in Wohlgefallen auf

Die Tür ist angelehnt, wie üblich, und sie finden ihn auf der Couch liegend, wo er in einem dunklen kleinen Buch liest: handgeschriebene Notizen, wer weiß, von wem. Sobald er sie eintreten sieht (alle vier: Felice Cantoni, Hilfskommissar, Sarti Antonio, Kommissar, Gianni »Glühwürmchen« Deoni, Journalist, und meine Wenigkeit, Mitteloser), läßt er das Büchlein auf die Brust sinken und sagt: »*Buongiorno* allerseits! Ich hätte wirklich Lust auf einen guten Espresso. Einen, so wie du ihn machen kannst, Kommissar.«

Sarti ist bereits mit allem in dieser Bude vertraut, und während die anderen sich, so gut sie können, irgendwo niederlassen (ich muß mich auf den Boden setzen), geht er in die Küche und hantiert mit dem Kaffee herum. Unterdessen sagt er: »Du hast recht gehabt: Clara hat ihn wiedererkannt. Jetzt geht es darum, das Motiv herauszufinden, denn wenn ich zu Hauptkommissar Raimondi gehe und ihm sage, daß es der Maresciallo der Carabinieri gewesen ist, der die drei umgebracht hat, und ihm nicht die unumstößlichen Beweise dafür vorlege, dann läßt ›er‹ mich in Fesseln legen und in die Irrenanstalt verfrachten …«

Er möchte fortfahren, aber Rosas brüllt zu ihm hinüber: »Was hat denn der Maresciallo damit zu tun?«

Sarti hat den Kaffee schon auf den Herd gestellt, das Gas auf die niedrigste Stufe gedreht (das ist wichtig für einen guten Espresso!) und geht deshalb wieder nach nebenan. Er hat erst jetzt verstanden, daß Rosas das ja noch gar nicht mitbekommen hat. »Der Maresciallo … Ja, weißt du denn nicht? Deine zehn Gebote waren einfach nur eine Darlegung der Tatsachen, die du uns als Beweis für deine Intelligenz geliefert hast … Der Maresciallo ist dieser Herr mit den grauen Haaren, vornehm, groß und immer sehr elegant, der im Haus von Clara in Begleitung von Giacinto Gessi, ›Haus, Hof und Kirche‹, verkehrt hat! Hast du das denn nicht gewußt?«

Er würde gern Freudensprünge machen. Er würde sie machen, weil Rosas vor Verblüffung – vor echter Verblüffung! – so entgeistert dreinblickt.

Rosas wiederholt: »Der Maresciallo … Wer hätte das gedacht?«

»Ich!« Sarti geht in die Küche zurück, um nach seinem Kaffee zu sehen: Er mag Rosas gegenüber nicht auftrumpfen. Schon weil er (Rosas) ihm (Sarti) gegenüber niemals aufgetrumpft hat. Und außerdem muß man, wenn man einen wirklich guten Espresso machen will, den Kaffee im Auge behalten, während er nach oben steigt.

Als Sarti zurückkommt, liest Rosas schon wieder in seinem Notizbüchlein. Er reicht ihm freundlich die Tasse.

Rosas nippt daran, ohne das Buch zu senken. Er sagt: »Hört euch das mal an: ›Zwölfter April. Das Funkgerät funktioniert nach wie vor nicht. Jeder Versuch, es zu reparieren, ist gescheitert. ›Grigio‹ hat es aufgegeben. Das war ein Schlag. Jetzt, da sie näher rücken und mehr denn je die Notwendigkeit besteht, mit ihnen in Kontakt zu bleiben.

›Pensa‹ ist mit Nachrichten zurückgekehrt: Aus dem Dorf nichts Neues. Niemand ahnt, was geschehen wird. Die ›Kartoffelfresser‹ verhalten sich ruhig. Aber nicht mehr lange.‹«

Kommissar Sarti beeilt sich zu sagen: »Sehr schön. Aber jetzt hör zu: Der Maresciallo ist in der Kirche gewesen, er hat sie zur Hälfte kaputtgeschlagen, und ich vermute, daß er das gefunden hat, wonach er gesucht hat und was Giacinto Gessi dort versteckt hatte. Somit habe ich also nichts in der Hand, worauf ich meine Beschuldigungen stützen könnte.«

Rosas schüttelt den Kopf und liest laut weiter: »›Dreizehnter April. Man muß eine Verbindung zu den Alliierten herstellen. Irgend jemand wird es riskieren müssen. Sie sind gar nicht mehr so weit weg; aber alle Straßen werden bewacht, und die Wege werden kontrolliert ... Wir müssen um jeden Preis mit ihnen in Kontakt treten, denn wir wollen, daß die Operation Erfolg hat, und weil wir genau wissen müssen, wann für uns der Augenblick gekommen ist aufzutauchen, um sie bei ihrem Frontalangriff zu unterstützen. Unsere Aktion ist für die Befreiung Bolognas unerläßlich. Ich habe eine Versammlung aller Genossen einberufen, um die Lage zu erörtern.‹«

Er hält inne und wartet darauf, daß jemand das Wort ergreift, aber die Versammelten haben wohl andere Dinge im Kopf. Es ist so still, daß man eine Stecknadel fallen hören könnte.

Dann redet Rosas weiter: »Es ist möglich, ja, es ist sicher (da du es sagst und Clara es bestätigt), daß der Maresciallo der Freund von Giacinto Gessi gewesen ist, aber es steht auch fest (und das sage *ich* dir), daß er nicht der Mörder ist!«

Dieses Gerede ärgert Kommissar Sarti, der sofort die Ohren spitzt: »Was? Was?«

»Der Mörder ist nicht er, denn erstens kann der Maresciallo, der zwar alles über Pieve del Pino weiß, nichts über das Rendezvous zwischen Giorgio Celli und seiner Freundin gewußt haben und daher nicht dorthin gegangen sein. Zweitens: Wer ›Peitsche‹ umgebracht hat, trug ein Kleid. Drittens: Der Maresciallo hat niemals Giacinto Gessis Zimmer betreten, weder um die schmutzigen Schuhe dorthin zu bringen, noch um auf der Suche nach dem herumzuwühlen, was den Mörder interessiert hat. Viertens: Nicht ich sage das, sondern das hier sagt das!«

Rosas zeigt auf das Büchlein, in dem er liest.

Sarti kommt ein Verdacht, der ihn die Stirn runzeln läßt. Er fragt: »Was ist das?«

Rosas lächelt ihn an und nickt. Kommissar Sarti fährt fort: »Das hast du... das hast du in der Kirche gefunden! Bist du es gewesen, der die Kirche auf den Kopf gestellt hat?«

Rosas wendet sich wieder seinem Büchlein zu. Er sagt nur: »Das ist das Tagebuch von Volpe. Es ist genau das, was in unserem Bild gefehlt hat.«

Kommissar Sarti weiß nicht, wie diese Geschichte ausgehen wird, aber er ist sich sicher, daß Rosas nicht ungeschoren davonkommen wird, wenn »er«, Hauptkommissar Raimondi, die ganze Chronik der Ereignisse erfährt, einschließlich des nächtlichen Besuchs in der Kirche von Pieve del Pino.

»Du bist in der Kirche gewesen und hast dort das Unterste zuoberst gekehrt... Du bist es gewesen! Das heißt... das heißt... Wie bist du hineingekommen?«

Rosas blickt ihn mit den unschuldigsten Augen der Welt an und sagt: »Ich habe mich die ganze Nacht nicht von hier fortbewegt. Dafür habe ich auch Zeugen. Volpes Tagebuch habe ich heute morgen in meinem Briefkasten gefunden.«

»Versuch nicht, mich für dumm zu verkaufen! Du hast die Kirche verwüstet ... Das gibt eine Anzeige, und ich habe die Pflicht ...«

»Hör zu, Kommissar, es gibt mindestens zehn Jungen und Mädchen, die bereit sind zu bezeugen, daß sie die ganze Nacht in meiner Gesellschaft gewesen sind! Wenn jemand die Kirche von Pieve del Pino betreten und sie auf den Kopf gestellt hat, dann ist das nicht meine Schuld. Ich habe mich nicht von hier fortbewegt!«

Der dreifache Mord ist fürs erste in den Hintergrund getreten: Kommissar Sarti will jetzt sicher sein, daß Rosas nicht an dem Chaos in der Kirche schuld ist. Er fragt: »Und das Tagebuch? Du kannst mir nicht erzählen, daß es nicht in der Kirche gefunden wurde! Das kannst du mir doch nicht erzählen!«

»Ich habe keine Ahnung, wo es gefunden wurde ... Es kann auch sein, daß jemand, den ich nicht kenne, in der Kirche von Pieve del Pino gewesen ist, aus persönlichen Gründen, und unter der ersten Bank der linken Reihe dieses Tagebuch gefunden hat. Dann hat er sich vielleicht gedacht, es würde mich wegen meiner Studien zur Resistenza interessieren ... und hat es mir gebracht ... Das heißt, er hat es mir in den Briefkasten geworfen, wo ich es heute morgen gefunden habe ...«

Es sieht aus, als wären die Dinge klar: Kommissar Sarti hat nur noch eine Frage: »Was steht drin?«

Rosas redet um den Brei herum: »Von allem etwas: über

die Aktivitäten der Brigade bis zu dem Tag, an dem ihre Mitglieder in dieser Schlucht massakriert wurden …«

»Ich will wissen, was über das Verbrechen drinsteht … Über die drei Verbrechen!«

»Kommissar, es sind nicht drei Verbrechen! Diese dreiundfünfzig Unglücklichen, denen wir ein Denkmal errichtet haben, sind umgebracht worden, weil sie von derselben Person verraten worden sind, die auch Giacinto Gessi, Gaetano Mandini und Giorgio Celli getötet hat. Welchen Unterschied macht es, ob es nun dreiundfünfzig oder sechsundfünfzig Morde sind?«

Jetzt beginnen sich die Dinge zu klären. Keiner der Anwesenden hat den Mut zu fragen: »Wer war's?« Selbst für einen wie Kommissar Sarti ist das ein zu großer Brocken.

Dann liest Rosas weiter: »»Vierzehnter April. Der Vorschlag lautet: ›Lina la leggera‹ wird zum Priester von Pieve del Pino gehen und ihn bitten, Kontakt zu den Alliierten aufzunehmen. Die Deutschen werden keinen Verdacht gegen ihn hegen, und so wird er sich gefahrlos bewegen können. Wir warten darauf, wie die Sache ausgeht. Ich habe klipp und klar gesagt, daß ich dieser Schlafmütze nicht traue, aber ich befinde mich in der Minderheit. Ich hoffe wirklich, daß ich mich irre.

Fünfzehnter April. ›Lina la leggera‹ ist zurückgekehrt. Die Schlafmütze macht mit. Es kann sein, daß ich mich in ihm getäuscht habe …

Sechzehnter April. Die Schlafmütze hat Verbindung zu den Alliierten aufgenommen und überbringt uns folgende Nachricht: Morgen nacht ist der Zeitpunkt gekommen, an dem wir uns in Bewegung setzen. Der Angriff zur Befreiung Bolognas ist für den achtzehnten April geplant. Unsere

Aufgabe wird es sein, einer Kolonne von alliierten Panzern, die auf der Straße von Pieve del Pino nach Bologna vorrücken wird, den Weg freizuhalten. Wir müssen zwei Nester mit deutschen Maschinengewehrschützen ausheben, die ihren Vormarsch behindern könnten. Sie teilen uns auch mit, wo genau sie sich befinden: Ich kenne die Stelle. Morgen nacht also kommen wir an die Reihe. Hoffen wir das Beste!«

Rosas liest nicht weiter, weil es nichts mehr zu lesen gibt, und legt das dunkle Büchlein auf den Tisch. Kommissar Sarti nimmt es in die Hand und blättert es durch: Die Handschrift ist klein und ein wenig unsicher.

Jetzt sind die Dinge klar. Allzu klar!

Rosas sagt: »In der Nacht vom siebzehnten auf den achtzehnten April ist die Partisanenbrigade von Volpe massakriert worden. Sie haben sie in dieser Schlucht abgepaßt: ein Hinterhalt, der in allen Einzelheiten vorbereitet war. Niemand kommt mit dem Leben davon und kann den Verräter vor Gericht bringen. Am einundzwanzigsten April ziehen die Truppen der Alliierten, hinter den Partisanenbrigaden, die mehr Glück hatten als die Brigade von Volpe, in die Stadt ein, und Bologna wird von den Deutschen befreit.«

Nachwort

Ein Polizist in der Stadt, die nicht so ist wie andere Städte

Luigi Bernardi

»Diese Stadt ist nicht wie andere Städte«, schrieb Carlo Lucarelli in *Der grüne Leguan* (Titel des italienischen Originals: *Almost Blue*) und prägte damit einen gelungenen Standardsatz, der dann auch die ersten TV-Auftritte des Autors begleitete. Lucarelli hatte seine Gründe, mit einer derartigen Behauptung zu debütieren, Gründe, die allesamt mit der Dynamik seines Romans zusammenhängen. Ich komme noch darauf zurück. Aber die Vorstellung, daß Bologna keine Stadt wie andere ist, gehörte bereits vorher – und aus Gründen, die mit denen des Autors von *Der grüne Leguan* gar nichts zu tun haben – zu Bolognas Image und war ziemlich weit verbreitet: Die eine Idee stammte aus einer sozusagen volkstümlichen Quelle und hatte die »Andersartigkeit« der Hauptstadt der Emilia auf die Biederkeit oder Bonhomie ihrer Bewohner reduziert (das italienische Wort für diese Eigenschaft, *Bonomia*, unterscheidet sich zufällig nur durch einen einzigen Buchstaben vom römischen Namen von Bologna: *Bononia*), die andere, eindeutig politisch begründete, stützte sich auf die Qualität ihrer »roten« Verwaltung.

Kommissar Antonio Sarti, Polizist und Hauptfigur in den Romanen von Loriano Macchiavelli, stammt aus diesem »anderen« Bologna, wird von ihm sozialisiert und stellt die vollkommene Verkörperung ihres Geistes dar, einschließlich ihrer Indolenz. Aber Vorsicht: Ich spreche von der Romanfigur, nicht vom Autor und auch nicht von seinen Büchern: Macchiavellis Romane sind keine Postkarten für Touristen. Sie wurden nicht geschrieben, um für die Andersartigkeit von Bologna zu werben, und auch nicht, um die »Lust auf Bologna« zu befriedigen, die in den siebziger Jahren den Anteil der studentischen Bevölkerung der Stadt über die Maßen aufblähte und die typische Sprechweise der Bolognesen unwiederbringlich verdarb, ganz zu schweigen von der Küche, der bereits erwähnten Bonhomie und dem allgemeinen Gefühl einer »geopolitischen« Zugehörigkeit zum Stadtkern.

Macchiavellis Genialität und die Kunst seiner Romane bestehen – über den Reiz der stets amüsanten und augenzwinkernden Lektüre hinaus – eben darin, daß sie über Bologna erzählen, während der Leser zusieht, wie die Schutzmauer der »alten« Andersartigkeit bröckelt und sich gleichzeitig die ersten Züge der »neuen« Andersartigkeit abzeichnen, die, zur Reife gelangt, dann später von Lucarelli dargestellt werden sollte. Das Bologna von Macchiavelli, zumindest das seiner ersten Romane, ist eine Art *Terrain vague*, auf dem man einander bereits mit Argwohn betrachtet, aber noch immer bereit ist, sich einem Lächeln zu öffnen; vielleicht hat man sich zunächst gegenseitig zum Teufel gewünscht, wie dies etwa in der Beziehung zwischen dem Polizisten Sarti und dem Anarchisten und Autonomen Rosas zum Ausdruck kommt. Es ist ein Bologna, das sich zu verschließen beginnt, aber in einem langsamen Prozeß, als wäre es sich dessen, was es tut, nicht ganz sicher – ein Vogel Strauß, der den Kopf sehr wohl in den Sand stecken möchte, es aber ständig auf später verschiebt, weil er neugierig ist und sehen will, was rings um ihn passiert.

Das Bologna, in dem Antonio Sarti als literarische Figur geboren wurde und aufwuchs, war eine zutiefst »rote«, aber zugleich aufgeschlossene, genießerische und »neugierige« Stadt. Was man anderswo als Widerspruch in sich verstanden hätte, war hier die Folge historischer und umweltbedingter Faktoren. Man konnte Kommunist und gleichzeitig Katholik sein (Katholik, nicht Christdemokrat!), vielleicht ohne es zu sagen, aber es war immerhin möglich (und was für ein epochaler Zusammenstoß war der Kampf zwischen Dozza und Dossetti um das Bürgermeisteramt in den fünfziger Jahren! Dossetti zog sich übrigens nach seiner Niederlage in ein Kloster zurück). Vor allem jedoch konnte man Kommunist sein und gleichzeitig Amerika lieben. Wohlgemerkt: nicht das despotische und kolonisatorische Amerika, das wir kennenlernen sollten, sondern das aufgeschlossene, genießerische und »neugierige« Amerika (erinnert euch das an etwas?), jenen Mythos, der hier langsam Wurzeln schlug, weil die fruchtbare Saat von Musik und Film aufgegangen war.

Bologna war immer eine Stadt, die eine große Liebe für Amerika empfand – für das amerikanische Kino, die amerikanische Musik, die amerikanischen Comics, ja, sogar für den amerikanischen Sport. Um offensichtlich ganz zu schweigen von der amerikanischen Belletristik, gerade auch von den Kriminalromanen. Und wenn die Keller, in denen Jazz und Blues erklangen, und die Kneipen, in denen man sich bis zum frühen Morgen über Hollywood und seine Mythen die Köpfe heiß redete, kein besonderes Staunen auslösen, so werden doch sicher all diese Bolognesen zu denken geben, die sich für Basketball, Baseball und American Football begeistern, und zwar mit einer Kompetenz, die der gleichkommt, wenn nicht sogar überlegen ist, welche sie bei den beiden großen Sportarten der Stadt – dem Fußball und dem Boxen – an den Tag legen. Der Fußball verdankt seine Popularität der Erinnerung an eine Siegermannschaft, die »die Welt erzittern« ließ, während das Boxen mit der nachmittäglichen Begegnung von Santo Stefano, im Sportpalast an der Piazza Azzarita, regelrecht zelebriert wurde. Und wie sich die kleinen Menschenansammlungen am Sonntagvormittag auf der Piazza Maggiore mit Hingabe der Politik widmeten, so war auch der Sport Gegenstand hitziger »öffentlicher« Diskussionen. »Fuffo« Bernardini, der Trainer, der beim Entscheidungsspiel gegen Inter Mailand den Titel für die Rotblauen holte, war ein sehr geselliger Mensch und liebte das Wortgefecht mit seinen Fans vor der Bar Otello, die auch immer das Ziel der früheren Champions war. Libero Golinelli, der außergewöhnliche Trainer von Boxern wie Nino Benvenuti und Carlos Duran, sprach über seine Boxkampftechniken nicht in hochmögenden Kreisen – die Bologna übrigens niemals gekannt hat –, sondern in der am Stadtrand gelegenen Bar Messico, zwischen zwei Kartenspielen, einer Partie Goriziana und einer Runde Bologneser Tarock. Er hatte das ehrliche Gesicht, das gutmütige Wesen und das Auftreten eines Menschen, der weiß, daß es im Leben auf andere Dinge ankommt. Vielleicht aus diesem Grund zog Benvenuti es irgendwann im Laufe seiner Karriere vor, auf die Stunden bei Golinelli zu verzichten. Er hatte Grund, es zu bereuen, aber gegen die knallharte und verdammt schmerzhafte Faust von Monzon hätte wohl nicht einmal die Kunst von Libero Golinelli ausgereicht, um »Nino Nazionale« auf den Beinen zu halten.

Diese beiden beliebtesten Sportarten konnten die Sportlust Bolognas nicht befriedigen, die im wesentlichen auch eine Diskussionssucht war: Es gab noch anderes, es gab noch Platz und Räume, die es möglich machten, die Lust am Sport mit der auf Amerika zu verbinden. Und so kam es, daß Bologna im Basketball tonangebend wurde (und immer noch ist) und den Baseball in einer Weise annahm, wie das keine andere der großen italienischen Metropolen jemals getan hat (und auch Antonio Sarti zögert nicht, wann immer es möglich ist, zum Gianni-Falchi-Stadion zu gehen, um sich – vielleicht ohne allzu großen Sachverstand – eine Partie von Montenegro mit »Toro« Rinaldi und »Vic« Luciani anzusehen). Und als jemand versuchte, American Football einzuführen, da spielten dann die beiden Mannschaften der Stadt, die derart amerikanisierte Namen tragen, daß es schon ein wenig lächerlich wirkt, im Lunetta-Gamberini-Park gegeneinander um den Meistertitel.

Die Bolognesen mochten Amerika, weil es groß war und vielerlei in sich barg, weil es sozusagen gefüllt war mit herzhaften, kunstvoll dosierten Ingredienzen, genau wie die Bologneser Erfindungen Lasagne und Tortellini – ein Land mit Räumen, die so offen waren wie seine Piazze. Deshalb galt es, als Amerika anfing die Krallen zu zeigen, sich sofort ein anderes Amerika anzueignen, nämlich das der Pazifisten und der Schwarzen, das Amerika von Bob Dylan und Joan Baez. Gianni Morandi, der *»andavo a cento all'ora«* sang, schrieb sich die Sache von Vietnam und dann die von *»un mondo d'amore«* auf die Fahne: Das waren keine bequemen Entscheidungen, nur mit dem Ziel, immer obenauf zu schwimmen, sondern sie entsprachen genau dem Geist von Bologna, jener aufgeschlossenen Stadt, die unkonventionelle Ideen suchte und aufgriff und sich davon ernährte wie Braccio di Ferro vom Spinat (das ist die italienische Version der amerikanischen Comicfigur *Popeye the sailor*). Auf den Piazze, auf denen diskutiert wurde, genügte es, eine Ecke zu finden, wo man seine Solidarität mit dem vietnamesischen Volk bekunden konnte; die ersten Pilzköpfe wurden aufgefordert, zum Friseur zu gehen, aber nur, weil man schließlich irgend etwas sagen mußte; den Verrätern mit grimmiger Miene und ohrenbetäubend lauten Gitarren stellten sich »I Pooh« entgegen, eine gutgekleidete Band mit melodischen Songs, und auch dieser mögliche Bruch wurde wieder gekittet, ohne daß zuvor auch nur das geringste Knirschen zu vernehmen gewesen wäre.

Die Probleme traten bald danach zutage, als irgend jemand anfing, den Bolognesen klarzumachen, daß sie die unkonventionellen Ideen, die sie so gern vor sich her trugen, in Wirklichkeit gar nicht hätten. Und daß sie diese, wenn sie sie denn hätten, schon irgendwie auf den Tisch legen müßten. War es möglich, daß eine solche Stadt nicht einmal eine lumpige kulturelle Produktion vorweisen konnte – mit Ausnahme der paar Poeten und Essayisten von der Universität? War es möglich, daß all das, was die Bolognesen zu sagen hatten, nur Piazza-Geschwätz war? Kurzum, es hieß, Bologna sei nichts als bloßer Schein – darunter liege eine Stadt, die ganz genauso sei wie alle anderen. Das löste einen Schock aus. Einen Bruch, der nicht wieder zu kitten war – vergleichbar mit einem Sohn, der seinen Vater verstößt, mit einer Frau, die mit dem besten Freund ihres Mannes im Bett erwischt wird, mit einem kalten Wind, den man zuvor nicht kannte. Bologna mußte für die Studentenproteste büßen wie wenige andere Städte in Italien. Vielleicht weil seine Bevölkerung keine hohe Konzentration von Arbeitern aufweist, wurde die Bewegung Ende der sechziger Jahre und die ganzen siebziger Jahre hindurch fast ausschließlich von Studenten getragen und war deshalb radikaler, phantasievoller und scharfzüngiger als anderswo. Mit einer doppelten Wirkung: Einerseits lockte sie Studenten aus halb Italien nach Bologna, und zwar eben die radikalsten, die phantasievollsten und die scharfzüngigsten, und andererseits nahm, als Reaktion darauf, der Charakter der Bolognesen Schaden: Er wurde plötzlich bissig, intolerant, verschlossen und berechnend.

Damals, also in den frühen siebziger Jahren, begann die neue »Andersartigkeit« Bolognas oder, besser gesagt: die Periode, in der seine alte »Andersartigkeit« demontiert wurde – in der Erwartung, daß sich eine neue zementieren würde. Die Piazza Maggiore entvölkerte sich nach und nach; der offene Raum im wahrsten Sinne des Wortes sah sich immer mehr seiner Bewohner beraubt, und es gab auch nichts mehr, über das man hätte diskutieren können, ohne sich in eine Wut hineinzusteigern; die Worte, die früher frei umherschweiften und ins Leere gingen, prallten jetzt gegen Hindernisse. Und in der Politik geschah Unerhörtes: Es gab Attentate, es gab Tote. Man mußte auf der Hut sein, und wenn man auf der Hut sein mußte, bedeutete das, daß es jemanden gab, der im Hinterhalt lauerte, aber bereit war, zum Vorschein zu kommen. Statt lauter Unterhaltung auf der Piazza, kehrte man zum Flüstern zurück – wie man es in den Bergen gemacht hatte, als es darum ging, die deutschen Besatzer und die Faschisten zu vertreiben. Und auch das übrige lag im argen: Der FC Bologna war nur noch die Karikatur der früheren Mannschaft; vom Boxen sprach man nach dem Rückzug von Dante Canè am besten gar nicht mehr, und zu den nachmittäglichen Begegnungen von Santo Stefano ging auch niemand mehr. Das amerikanische Kino hatte die Aura des Mythos verloren; die großen Schauspieler starben einer nach dem anderen, oder sie wandten sich der Politik zu. Man machte andere Filme – solche, die eher das Gehirn ansprachen als das Herz. Die Piazza leerte sich also, und es öffneten sich die Lokale, die Osterien, in die man aber immer nur in kleinen Gruppen ging. Man diskutierte und geriet sich in die Haare. Die Wohnungen der auswärtigen Studenten wurden zu Orten, wo man wieder alles in Frage stellte. Die Lust auf Amerika bot die Chance, alles zu überdenken, andere Wurzeln zu suchen, sie dann in die Erde zu bringen und wachsen zu lassen. Es war eine beispiellose kulturelle Bewegung, eine Synthese von Lehren, die sehr weit voneinander entfernt waren, keine expressive Ausdrucksweise wurde ausgespart, aber letztlich waren es die Bereiche der Musik, der erzählenden Literatur und der Comics – also die drei, welche die Sensibilität der Jugend am unmittelbarsten ansprechen –, die die überzeugendsten Erfolge hervorbrachten: die Musik mit den Bolognesen

Guccini, Dalla, Lolli und den Skiantos; die Belletristik mit Tondelli, Palandri und Piersanti, die Comics mit Magnus, Bonvi, Pazienza und Scozzari. Es war natürlich kein Prozeß, der von heute auf morgen abgeschlossen war. Es dauerte ungefähr zehn Jahre, bis man sagen konnte, daß er vollendet war. Zehn Jahre, in denen sich das »andere« Bologna von einst in das »andere« Bologna von heute verwandelt hat, und das sind genau die zehn Jahre, von denen Loriano Macchiavelli in seinen Kriminalromanen erzählt.

Loriano Macchiavelli hat als Schriftsteller vor allem Courage gezeigt. Er war der erste, der auf die »Erzählbarkeit« von Bologna setzte, auf die Möglichkeit, es zum Schauplatz von Geschichten und Geschehnissen zu machen, die die italienischen Krimileser interessieren könnten. So dahingesagt, scheint das nichts Besonderes gewesen zu sein, doch damals, als er von einem Verlag zum anderen ging, um seine Bücher anzubieten, bekam er nur abschlägige Antworten, von denen einige sogar ausgesprochen unhöflich waren. Am Ende gab Garzanti seinen Widerstand auf, aber eher notgedrungen denn aus Überzeugung (der Verlag hatte sich vertraglich verpflichtet, den Roman zu veröffentlichen, der den Preis der Stadt Cattolica für den besten Krimi gewinnen würde, und Macchiavelli gewann ihn 1975 mit *Tödliches Gedenken*). Die Leser waren es, die diesen Autor aus Bologna auszeichneten, einen Mann, der streng ist, aber zur Großherzigkeit neigt, einen zurückhaltenden Schriftsteller, der allerdings auch zu Gesten eines Protagonisten imstande ist, die wichtige und charismatische Leitfigur einer Generation von Schriftstellern, die sich für den Krimi zu begeistern begann und sich für diese Romangattung entschied, weil der Krimi die Gegenwart erzählen und vielleicht auch vor der Zukunft warnen kann.

Macchiavellis Romane sind einfach aufgebaut und intelligent um die immer wiederkehrenden Elemente einer Serienstruktur konstruiert. Ihr Protagonist ist Kommissar Antonio Sarti (keine Verwandtschaft mit dem Sänger Dino Sarti, der sich zur gleichen Zeit bemühte, den Mythos einer Postkartenstadt zu propagieren), ein Mann, von dem man nicht begreift, warum er überhaupt Polizist geworden ist, da er nicht einmal Waffen mag und seine Dienstpistole im Nachtkästchen aufbewahrt. Der nicht übermäßig intelligent ist, gutmütig, aber zu Wutausbrüchen neigend (die dazu führen, daß seine chronische Kolitis immer wieder aufflammt), träge und manisch (den Espresso bereitet er sich selbst in seinem Kocher zu, und wenn er wirklich einmal einen in der Bar trinken muß, nimmt er jeden Umweg in Kauf und fährt bis zum östlichen Rand der Stadt, zur Torrefazione Filicori & Zecchini, wo der einzige Espresso der Stadt angeboten wird, der sich mit seinem eigenen messen kann), ist Sarti ein einzelgängerischer Bär, der siegreiche Tatzenhiebe verteilt (die einzige Frau, die ihn wirklich erobert hat, ist die »Biondina«, eine Prostituierte, die auf den Viali anschaffen geht, doch es gibt keinen Roman, in dem er nicht eine Frau ins Bett holt, in der Regel die schönste des ganzen weiblichen Personals), und gewiß eher dazu geeignet wäre, in jenem »großen Dorf« zu operieren, das Bologna bis zum Ende der sechziger Jahre war, als in der quirligen Stadt voller Überraschungen, in die sie sich just in dem Augenblick verwandelt hatte, als Loriano Macchiavelli mit der Erzählung seiner Bologneser Geschichten begann.

Im Umkreis von Kommissar Antonio Sarti bewegen sich die Nebenfiguren, die alle so treffend charakterisiert und mit so klaren Funktionen ausgestattet sind, daß sie unentbehrlich werden: sein Vorgesetzter, Raimondi Cesare, begriffsstutzig und unerbittlich, der eingesehen hat, daß das, was die Zeitungen schreiben, wichtiger ist als die Lösung des Falls; Hilfskommissar Felice Cantoni, der Chauffeur, der in Wagen 28 vernarrt ist, den er mit väterlicher Wachsamkeit lenkt; Gianni »Glühwürmchen« Deoni, der Journalist, der imstande ist, mit einigen unvorhergesehenen Knüllern seiner mittelmäßigen Karriere Glanzlichter aufzusetzen; und vor allem Rosas, der anarchistische Student, der seine verminderte Sehfähigkeit (Sarti nennt ihn den »Maulwurf«) durch einen außergewöhnlichen Riecher wettmacht. Rosas, der Gegner des Systems, ist es, der fast immer an Stelle von Kommissar Sarti die Fälle löst und diesem mehr als einmal die Laufbahn rettet. Sarti wünscht Rosas gern zum Teufel (vor allem dann, wenn ein schönes Mädchen zu erkennen gibt, daß es eher dem intellektuellen Zauber des jungen Anarchisten erliegt als der stattlichen Reife des Polizisten), doch im Grunde respektiert er ihn und vertraut ihm. Ihre Beziehung beruht auf einer Art »realistischem Kompromiß«: Sie funktioniert von Tag zu Tag, in der Unmittelbarkeit der Not, und könnte sich niemals über das Zufällige hinaus zu etwas Dauerhaftem entwickeln.

Die Erzählungen sind unkompliziert, mit linearer Handlung, nie allzu verwickelt, ideal für eine rasche Lektüre – so, wie ein Krimi eben sein muß. Nicht von ungefähr stehen Macchiavellis Geschichten auch am Beginn des neubelebten italienischen Engagements in der Fernseh-Fiktion, und zwar mit nicht weniger als vier Serien, die auf seinen Büchern beruhen. Mit elf Romanen in sieben Jahren ist Loriano Macchiavellis Produktion geradezu ausgeufert, dann tritt plötzlich eine Verlangsamung ein. Die Zahl seiner Veröffentlichungen nimmt ab, und der Autor versucht verzweifelt, seinen Protagonisten ums Leben kommen zu lassen und neue Möglichkeiten zu finden. Er publiziert sogar zwei Romane unter Pseudonym, den ersten über den mysteriösen Flugzeugabsturz von Ustica, den zweiten über den Bombenanschlag auf den Hauptbahnhof von Bologna.

In der Tatsache, daß Macchiavellis Enthusiasmus nachläßt, spiegelt sich die Erniedrigung der Stadt in diesen Jahren wider. Das Attentat auf den Bahnhof hat Bologna abgekühlt; nichts wird mehr so sein wie vorher. Viele von denen, die in die Stadt gekommen sind, verlassen sie nun wieder. Jetzt hält auch das Heroin seinen Einzug, und man zählt die Toten. Die Institutionen verlieren jeglichen Ehrgeiz zu differenzieren: Die »rote« Administration wird nicht mehr mit Stolz vorgezeigt; das Amt des Bürgermeisters wird einem Mann aus Modena angeboten (etwas, was ein paar Jahre zuvor noch undenkbar gewesen wäre); das Kulturschaffen der siebziger Jahre wird ignoriert, und die Entwicklung geht eindeutig in eine andere Richtung: Die Stadt tritt hinter der Universität und den Geschäften zurück. Die Alma mater kauft der Reihe nach sämtliche Immobilien in ihrer Umgebung auf, die frei werden, und die Messegesellschaft bringt mit ihren ständigen Ausstellungen das Alltagsleben der Bolognesen gründlich durcheinander. Die sich aber nicht darüber beklagen. Der universitäre Zuliefererbetrieb bringt der Stadt pro Tag ein paar Milliarden Lire durch Mieteinnahmen und den Kauf dringend benötigter Güter; die Messen verbuchen großartige touristische und kommerzielle Erfolge. Der FC Bologna siegt zwar nicht mehr, aber bekanntlich stirbt die Hoffnung zuletzt.

Unterdessen jedoch ist Loriano Macchiavelli ein Bezugspunkt für den italienischen Kriminalroman im allgemeinen und für den Bologneser im besonderen geworden. Macchiavelli hebt eine Literatenvereinigung nach der anderen aus der Taufe, aber keine erlangt bleibende Bedeutung. Schließlich gelingt ihm mit dem »Gruppo 13« der richtige Wurf – ein Zusammenschluß mit seinen Bologneser Kollegen und Freunden, Leuten, die mit dem Schreiben angefangen haben, nachdem er schon bewiesen hat, daß man damit Erfolg haben kann. Sie sind alle mit von der Partie: die »Knallharten« wie Pino Cacucci und Loris Marzaduri, die »Klassiker« wie Danila Comastri Montanari, Sandro Toni und Gianni Materazzo sowie ein verheißungsvolles Tandem: Marcello Fois und Carlo Lucarelli. Andere, noch jüngere und noch verheißungsvollere, kommen hinzu: Giampiero Rigosi, Gianfranco Nerozzi und Eraldo Baldini. Aber tatsächlich ist »Gruppo 13« eine Art Mogelpackung: Es sind nicht dreizehn Autoren, und wahrscheinlich sind sie sich noch nie alle persönlich begegnet. Aber das spielt keine Rolle. Die Gruppe ist eine Erfindung des Zeitalters der Massenmedien – wir befinden uns bereits in den achtziger Jahren –, und Logos und Marken erobern die Seiten der Zeitungen. Und was wird erst passieren, wenn die Marke für eine Gruppe von Krimiautoren steht, die allesamt aus derselben Stadt kommen, nämlich aus Bologna, der Stadt, die nicht so ist wie andere Städte? Daß offensichtlich nicht alle aus Bologna stammen, nimmt niemand so genau: Was zählt, ist, daß alle gut sind und daß sie so anfangen, wie auch Macchiavelli angefangen hat, indem sie sich nämlich einfach umsehen und die neue »Andersartigkeit« von Bologna entdecken.

In der Stadt, die nicht so ist wie andere Städte, passiert nach wie vor allerhand, vielleicht auf versteckte Weise. In der ersten Hälfte der neunziger Jahre, zu der Zeit also, als sich die Krimiautoren, die man nun besser »Noiristen« nennt, auf nationaler und internationaler Ebene durchsetzen – und auch Loriano Macchiavelli nach einem Zwischenspiel, das der Kinderbuchproduktion gewidmet war, wieder Lust zum Schreiben von Krimis bekommt, diesmal in Zusammenarbeit mit Francesco Guccini –, in diesen Jahren also ist Bologna in der ganzen westlichen Welt für eine Weile jene Stadt, in der man die größte Menge an japanischen Comics ediert, und außerhalb der Vereinigten Staaten jene westliche Metropole, in der die größte Zahl amerikanischer Comics erscheint. Es ist die Stadt, in der die Videoclips produziert werden, die ganz Italien sehen will, und es ist die Stadt, die als erste lernt, das Internet zu nutzen, und die mit der Gruppe »Luther Blissett« dem Spaß an der situationsbedingten Provokation neuen Schwung verleiht. Die Stadt, die nicht so ist wie andere Städte, hat sich also im Schatten, manchmal sogar regelrecht im Untergrund, zu der von einst zurückentwickelt und ist heute wieder aufgeschlossen, genießerisch und »neugierig«. Und seit neuestem auch ein bißchen verwunschen.

L. B.

Loriano Macchiavelli

Unter den Mauern von Bologna

Kriminalroman. Aus dem Italienischen von Sylvia Höfer. 352 Seiten. Serie Piper

An der Battiferro-Schleuse in Bologna wird eine Leiche angespült. Sie ist übel zugerichtet und gibt Kommissar Antonio Sarti Rätsel auf. Der Tote ist ein junger Kollege. Warum mußte er sterben? Und gibt es einen Zusammenhang mit dem Tod eines angesehenen Politikers? Loriano Macchiavelli löste mit seinem Krimi »Unter den Mauern von Bologna« in Italien eine wahre Renaissance seiner Krimiklassiker um den sympathischen Kommissar Antonio Sarti aus.

»Augenzwinkernd, unprätentiös und klarsichtig. Loriano Macchiavelli schickt seinen eigenwilligen Helden auf eine irre Reise in Bolognas Unterwelt. Dieser Autor liebt seine Romanfiguren, das spürt man in jeder Zeile.«
Jan Costin Wagner

05/2114/01/L

Giorgio Todde

Das Geheimnis der Nonna Michela

Ein historischer Sardinien-Krimi. Aus dem Italienischen von Susanne Van Volxem. 240 Seiten. Serie Piper

Keine leichte Aufgabe erwartet den Einbalsamierer Efisio Marini, als er den Leichnam des ermordeten Anwalts Giovanni Làconi für die Ewigkeit herrichten soll, denn der Körper wurde von seinem Mörder grausam verstümmelt. Doch bringt die Untersuchung des Herzens Überraschendes zutage: Nicht die Hand eines Menschen, sondern die Angst war es, die zu Làconis Tod führte – die Angst, die die ganze Stadt in Atem hält und die Marini ahnen läßt, daß es nicht bei diesem einen Opfer bleiben wird.

»Mit viel Ironie und Poesie erzählt Todde eine Geschichte voller sommerlicher Hitze und Trägheit.«
Partout

05/2096/01/R

SERIE PIPER